DER GEIST IN DER MITTAGSSONNE

SID FLEISCHMAN

DER GEIST IN DER MITTAGSSONNE

UNION VERLAG STUTTGART

Die amerikanische Originalausgabe ist unter dem Titel
»The Ghost in the Noonday Sun« erschienen bei
Little, Brown and Company, Boston/Toronto.
Ins Deutsche übertragen von
Sybil Gräfin Schönfeldt

3. Auflage, 19.–28. Tausend

Einbandentwurf von Wolfgang Nestler

Gesamtherstellung: W. Röck, Weinsberg, 1975

ERSTES KAPITEL

in welchem der Sturm heult und Kapitän Scratch durch die Tür tritt, ein Schurke, wenn ich überhaupt jemals einen gesehen habe

Beim ersten Hahnenschrei sprang ich aus dem Bett und Jibboom, der einäugigen Katze von Tante Käthe, auf den Schwanz. Sie fauchte mich an und schnellte an die Decke. Ich schlug mir das Schienbein an und bekam eine Beule so groß wie ein Putenei. So fing der Tag für uns beide an, und das war auch noch mein zwölfter Geburtstag.

Ich hüpfte auf einem Bein herum, und dann streifte ich mein Nachthemd ab und zog meine Hosen und mein Wollhemd an. Das Wasser in der Waschschüssel war über Nacht gefroren, und deshalb wusch ich mir nicht das Gesicht. Statt dessen kramte ich das Fernrohr meines Vaters heraus.

Ich lehnte mich aus dem Fenster und musterte jeden Walfänger im Hafen genau durch das Glas. Meinem Vater gehörte der Viermaster CAPRICORN. Es war fast drei Jahre her, daß er aus Nantucket ausgelaufen war, um auf hoher See Wale zu fangen. Er mußte sich jetzt auf der Heimreise befinden – vielleicht ging er gerade noch rechtzeitig an meinem Geburtstag vor Anker. Aber die CAPRICORN kam nicht. Nur der eisige Seewind blies so stark, daß die Fensterläden klapperten.

Plötzlich erblickte ich ein finster aussehendes Schiff, das ich noch nie vorher im Hafen von Nantucket gesehen hatte. Es schien weder ein Walfänger noch ein Frachtschiff zu sein. Es war so zerkratzt und geflickt wie ein alter Kampfhahn, und es war auch nicht viel größer. Der eine Mast war abgebrochen, und die Takelage hing lasch wie ein Spinngewebe. Das Schiff lag hoch im Wasser, und man konnte genau sehen, wie sein Bug mit Muscheln und Seegras überwuchert war.

Gerade schwoite es etwas um die Ankerkette herum, so daß ich seinen Namen lesen konnte: SÜSSE MOLLY. Das war ein kurioser Name für so ein Lumpenschiff. Während ich es noch betrachtete, wurde ein Boot zu Wasser gelassen, und der Kapitän ruderte an Land. Er trug einen Umhang und einen Biberhut, und der Wind riß so an seinem roten Bart, daß sein Gesicht wie von Flammen umlodert aussah.

Ich schlug das Fenster zu, um die Kälte auszusperren. Ich tröstete mich damit, daß der Tag ja gerade erst begonnen hatte. Die CAPRICORN hatte noch genug Zeit, sich blicken zu lassen.

Ich ging hinunter, und Tante Käthe wartete schon in der Küche mit dem Frühstück. Sie lächelte mich herzlich und liebevoll an. »Na, Oliver Finch!« sagte sie. Jibboom strich um ihre Röcke und funkelte mich an. »Wie fühlt man sich denn,wenn man zwölf Jahre alt geworden ist?«

»Ziemlich schmerzhaft«, antwortete ich, »besonders an meinem linken Schienbein.«

Wir konnten hören, wie sich die Schlafgäste oben zu regen begannen. Sie würden bald in die Gaststube heruntergetrampelt kommen und ihr Frühstück verlangen. Tante Käthe gehörte das Gasthaus ZUR HARPUNE. Ihre Fischsuppe war unter den Walfängern aller Meere weit berühmt.

»Tante Käthe«, sagte ich, »es ist nichts von der CAPRICORN zu sehen.«

»Jetzt dauert es nicht mehr lange. Ich kann's in meinen Knochen spüren.«

»Ich glaube, daß es heute sein wird.«

Sie zuckte die Schultern. »Wir können nicht damit rechnen, daß dein Vater mit der Harpune in der einen und einem Kalender in der anderen Hand auf Walfang geht, nicht wahr, mein lieber Schatz? Aber verlaß dich darauf, er ist auf der Heimfahrt nach Nantucket. Hast du dich gewaschen?«

»Das Waschwasser war gefroren«, antwortete ich.

»Erbarmen«, sagte sie und lachte, »wenn ich mich nicht um dich kümmerte, dann würdest du dir die Ohren erst wieder im Frühling waschen.« Sie nahm einen Kessel vom Herd, und ich holte mir Seife und eine Schüssel herbei. Nach dem Frühstück verkündete sie mir, daß mich Mister Wicks, der Küfer, als Lehrling nehmen wollte. Ich erwiderte ihr, daß ich nicht im Traum daran dächte, Tranfässer als Lebensziel zu betrachten, und sie erwiderte, daß sie nicht im Traum daran denken wollte, mich hinter den Walfontänen durch die sieben Meere und an den Menschenfresserinseln des Erdballs vorbeifahren zu lassen. Ich antwortete, daß mir aber nichts besser gefallen würde, und sie antwortete mir wiederum, daß ihr nichts weniger gefallen würde. Ich sagte, daß mein Vater diese Angelegenheit schon regeln würde, wenn er erst wieder zu Hause wäre und daß er mich schon nicht Küfer werden lassen würde. Sie sagte, hier ist eine kleine Überraschung zu deinem Geburtstag, Oliver Finch. Es war ein Taschenmesser mit vier Klingen.

Es gab Schiffe im Hafen, die sich zum Auslaufen klarmachten, und aus anderen rollten gewaltige Fässer mit Tran heraus. Bugspriete ragten wie Lanzen auf dem Landungsplatz. Ich schoß hin und her und schaute mir all die farbigen Gallionsfiguren an. Ihre hölzernen Augen hatten alle Wunder und Wildheiten der Weltmeere gesehen. Ich beneidete sie. Ich war noch niemals mehr als fünf Meilen von zu Hause fort gewesen. Zum Donner, ich war jetzt zwölf Jahre alt, und das war schon fast zuviel. Uralt! Vielleicht würde mich mein Vater auf seiner nächsten Fahrt mitnehmen. Auf jeden Fall würde ich mir eher selbst aus Teer einen Zopf drehen und heimlich zur See gehen, als mich von Tante Käthe zu einer Landratte in die Lehre geben zu lassen. Darauf konnte sie sich verlassen.

Ich hielt immer wieder nach der CAPRICORN Ausschau und probierte unterdessen mein neues Taschenmesser an einem abgesplitterten Stück Faßdaube aus. Ich schnitzte so lange daran herum, bis ich einen Zahnstocher hatte und stocherte mir damit in den Zähnen herum. Der Tag erschien mir noch unendlich lang – mein Vater hatte noch reichlich Gelegenheit, rechtzeitig heimzukommen. Ich setzte mich ans Ende des Kais hin und wartete.

Wirklich, die Hälfte meiner Freunde war schon auf See, und Willy Wood ist sogar schon einmal in China gewesen. Ich war ganz von dem unstillbaren Verlangen erfüllt, den Wal zu jagen und die Welt zu sehen.

Das Licht begann schwächer zu werden. Mein Freund Jack Crick, der Walfänger, ließ mich in den Mastkorb seines Schiffes klettern. Ich suchte den Horizont unermüdlich nach einem Fetzen Segel ab. Hier oben hatte ich das Gefühl, bis ganz nach Afrika sehen zu können. Ich würde der erste sein, der die Ankunft der CAPRICORN verkünden könnte.

Selbst als die Dämmerung hereinbrach, blieb ich oben im Ausguck. Der Wind jaulte und pfiff an mir vorbei. Er fuhr mir durch meine Hosen und jagte dröhnend über die leeren Fässer unten im Hafen. Ich war ganz steif gefroren und steckte mir die klammen Finger in den Mund, um sie wieder aufzutauen, damit ich hinunterklettern konnte. Dann mußte ich daran denken, wie mir mein Vater einmal davon erzählt hat, daß er einen Winter in den Tropen zugebracht habe. Dort sei es so heiß gewesen, daß man sich beim Trinken beeilen mußte, sonst sei das Wasser schon verdunstet, ehe man es an die Lippen gebracht habe. Ich glaube, er übertreibt manchmal.

In der Gaststube war es gemütlich und warm. Ich sorgte dafür, daß das Feuer auf dem Rost kräftig loderte und brannte. Unterdessen war mir klargeworden, daß die CAPRICORN heute nicht mehr einlaufen würde, und ich war tief enttäuscht.

Tante Käthes Fischsuppe brodelte schon im Topf, und die Gaststube begann sich allmählich zu füllen, zumeist mit Schiffern und Matrosen. In einer Ecke saß der alte Mister Wicks und hatte die Arme über dem Bauch gefaltet.

Tante Käthe verkündete, daß heute mein Geburtstag sei, und Jack Crick fing zur allgemeinen Belustigung gleich an, einen irischen Holzschuhtanz zu tanzen. Die Männer wurden vergnügt und laut bis auf den alten Mister Wicks, der stumm in seiner Ecke hockte. Er folgte mir überallhin mit den Augen. Auch Jibboom beobachtete mich. Zwischen dieser Katze und mir herrschte keine sonderlich große Liebe. Sie kauerte auf einem Querbalken unter der Decke und wartete mucksmäuschenstill wie ein Raubtier im Baum nur darauf, mir auf den Rücken zu springen. Jibboom hatte ein weißliches Fell, das an manchen Stellen etwas gelblich schimmerte so wie alte Zähne. Mein Vater hatte sie aus einem Wrack bei den Pazifischen Inseln herausgefischt und mit nach Hause gebracht. Sie war sicher hundert Jahre alt, wenn das möglich ist. Auf jeden Fall lebte sie gerade ihr siebtes Leben. Ich traute ihr wenigstens genauso wenig wie einem hungrigen Luchs. Sie war mir immer auf den Fersen. Es würde mich gar nicht wundern, wenn sie unter Menschenfressern aufgewachsen wäre.

Tante Käthe teilte gerade die Fischsuppe aus, als die Tür aufflog. Ich dachte zuerst, daß es der Sturm und der Regen gewesen wären. Das Gelächter in der Gaststube erstarb, und Jibboom sträubte sich das Fell. Wir starrten alle auf die Tür.

Dort stand ein Mann. Das Wasser rann an ihm herab, als ob er ein Ungeheuer sei, das gerade dem Meer entstiegen sei. Hinter ihm quietschte und schepperte das Wirtshausschild im Wind. Der Mann schaute uns mit seinen tiefliegenden bernsteinfarbenen Augen an, die wie Kohlen glühten. Dann entblößte er seine Zähne zu einem teuflischen Lächeln und trat in den Raum, ohne die Tür hinter sich zu schließen.

»Ich bin Kapitän Scratch!« verkündete er mit tiefer, heiserer Stimme.

Tante Käthe musterte ihn mit einem Blick. »Na, ich dachte

schon, Sie wären mindestens der König von Frankreich«, sagte sie. »Putzen Sie sich die Füße ab, Sir. Oliver, mach die Tür hinter dem Herrn zu und stell noch einen Teller auf den Tisch.«

Kapitän Scratch riß die Knöpfe seines Umhangs auf und wrang sich den Regen aus seinem flammenden Bart, als ob er einem Hühnchen den Hals umdrehte. Ich starrte ihn an, ich hatte ihn ja durch mein Fernrohr schon gesehen. Er war der Kapitän der SÜSSEN MOLLY.

»Oliver«, flüsterte Tante Käthe und stieß mir den Ellenbogen in die Seite, um mich wieder in Schwung zu bringen. »Beeil dich!«

Kapitän Scratch setzte sich ohne viel Umstände an der Wandseite an den Tisch, machte sich gar nicht erst die Mühe, den Biberhut abzunehmen und verschlang zwei Beefsteaks und drei Teller voll Suppe. Er hielt dabei ununterbrochen Selbstgespräche und beachtete die anderen Männer in der Gaststube gar nicht. Das finstere Lächeln huschte immer wieder über sein Antlitz, und ich hörte, wie Crick, der Walfänger, murmelte: »Kapitän Scratch heißt der? Wenn ich mir den anschaue, Kumpel, dann würde ich aber lieber mit dem Gottseibeiuns in See stechen.«

Allmählich klang wieder Gelächter auf im Raum, aber es wurde nicht mehr so vergnügt wie vorher. Nachdem er genug gegessen hatte, wischte sich Kapitän Scratch mit seinem Bart den Mund ab und rief nach einer Zeitung.

Ich brachte ihm die erste, die ich erwischen konnte. Er zündete sich eine lange Meerschaumpfeife an und begann zu lesen. Einen Augenblick später erkannte ich, daß ich mich geirrt hatte. Ich hatte ihm eine Zeitung gegeben, die uns ein Chinafahrer dagelassen hatte. Sie war in irgendwelchen merkwürdigen Buchstaben gedruckt, aber Kapitän Scratch las sie, als ob es Englisch wäre.

Beim Donner, er hat es gar nicht gemerkt, stellte ich fest. Er kann gar nicht lesen, er tut nur so. Was für eine Art von Kapitän mußte das sein, wenn er noch nicht einmal lesen konnte? Ein Matrose durfte ungebildet sein, aber ein Kapitän mußte doch die Karten lesen und das Logbuch schreiben.

Ich dachte noch darüber nach, als Tante Käthe mit einer Platte mit Obsttörtchen aus der Küche kam. Es war eine Geburtstagsüberraschung für mich. Ich bin ganz versessen auf Obsttörtchen. Tante Käthe bot sie allen an, und ein Segelmacher schlug sich auf den Schenkel und sagte, ihm wäre es recht, wenn ich zweimal in der Woche Geburtstag hätte.

»Um die Wahrheit zu sagen«, erwiderte Tante Käthe lächelnd, »Oliver hat tatsächlich zweimal Geburtstag. Er ist Schlag Mitternacht geboren, genau zwischen Dienstagnacht und Mittwochmorgen. Er hat eigentlich genauso gut an diesem wie an jenem Tag Geburtstag, aber wir haben uns für den Mittwoch entschieden.«

Bei diesen Worten hob sich die Nase von Kapitän Scratch hinter der Zeitung hervor wie ein Bugspriet aus der Brandung. Er musterte mich so eindringlich, als ob er meine Anwesenheit bis zu diesem Moment noch gar nicht wahrgenommen hätte. Einen Augenblick lang funkelten seine Augen, dann blitzte wieder das Weiße seiner Zähne in einem teuflischen Grinsen auf. »Komm her, mein Junge!«

Mein Herz schlug mir bis zum Hals.

»Nun, komm schon, Junge!«

»Ja, Sir«, antwortete ich.

»Du bist um Mitternacht geboren?«

»Aye, aye, Sir.«

»Schlag Mitternacht?«

Ich sagte, daß man es mir so erzählt habe.

»Wetter und Wanten«, sagte er mit dröhnender Stimme, »ich bin über alle sieben verdammten Weltmeere gesegelt, aber mir ist erst einmal so jemand wie du über den Weg gelaufen. War zur gleichen düsteren Stunde geboren, jawohl, das war der Billy Bombay! Ja, ja, darin liegt eine wunderbare Macht verborgen, das kannst du mir glauben. Eine wunderbare Macht, mein Junge! Und gerade eben hinter diesem Billy Bombay bin ich her! Nach ihm durchkämme ich die Wasser!

Hast du ihn vielleicht gesehen, Junge? Hat er hier vor Nantucket Anker geworfen, weißt du das vielleicht?«

»Nein, Sir«, stammelte ich, »er ist wenigstens nicht hier bei uns gewesen.«

»Die Knochen werd' ich ihm brechen! Der führt mich vielleicht an der Nase herum! Aber auf die Dauer wird es ihm doch nicht gelingen, sich vor seinem alten Schiffskameraden zu verbergen, nicht vor Harry Scratch.« Er begann in seinen Taschen herumzukramen. »Das ist dein Geburtstag heute, was, mein Junge? Schau, hier hab' ich eine spanische Dublone für dich, die soll dich immer an Kapitän Scratch erinnern.«

Die Goldmünze schimmerte zwischen seinen Fingern wie eine Kerzenflamme.

»Das kann ich nicht annehmen, Sir«, antwortete ich. In Wahrheit wollte ich jedoch durch nichts auf der Welt an Kapitän Scratch erinnert werden.

»Nimm sie, mein Junge!«

Er drückte mir die Dublone in die Hand, schloß meine Finger mit hartem Druck zur Faust darum und war im Nu verschwunden. Die Tür blieb hinter ihm offen und schrie und jammerte im Wind.

Den ganzen nächsten Nachmittag trieb ich mich auf dem Landungsplatz herum. Die SÜSSE MOLLY hatte Segel gesetzt und lud jetzt Vorräte und frisches Wasser. Als die Flut kam, verließen zwei von den Walfängern den Hafen. Der Wind ließ nach, und der Himmel hing wie eine Kuppel aus Milchglas über dem Land und der See. Am Spätnachmittag war das Schiff meines Vaters immer noch nicht in den Hafen eingelaufen.

»Aber natürlich nicht«, erklärte Tante Käthe, als ich in die HARPUNE zurückkam, »er ist nicht der Mann, der sich einen so trüben und langweiligen Tag wie den heute für seine Heimkehr aussucht. Wahrhaftig nicht! Er macht alles auf die richtige Art, das ist typisch für deinen Vater. Und wenn er heimgesegelt kommt, dann muß das unter strahlendblauem

Himmel geschehen! Nichts anderes würde zu einem so großen Ereignis passen. Aber morgen – ich würde sagen, daß das Wetter morgen richtig sein könnte. Es scheint mir wieder aufzuklaren.«

Dann also morgen, dachte ich und warf meine ganze Hoffnung auf den nächsten Tag.

Sie sagte mir noch, daß Kapitän Scratch eine Nachricht geschickt habe. Er wolle einen Kessel mit ihrer berühmten Fischsuppe für die Schiffsbesatzung haben.

»Die Suppe ist jetzt fertig«, setzte sie hinzu und zog sie am Herdhaken zu sich her, »wenn du sie an Bord abgegeben hast, Oliver, dann schau doch bitte bei Mister Wicks herein. Er hat wieder nach dir gefragt. Er braucht seinen Lehrling jetzt und auf der Stelle.«

»Tante Käthe! Ich werde lieber ein Indianer, als daß ich Lehrling bei Mister Wicks werde!«

»Verschwinde, mein Schatz!«

Als ich wieder einen klaren Gedanken fassen konnte, marschierte ich schon den Kai entlang und trug den kochendheißen Suppenkessel in beiden Händen. Die Süsse Molly lag am Kai, und ich hatte eigentlich keine große Lust, an Bord zu gehen. Aus den Bullaugen starrte die Mannschaft wie eine Rotte von Geiern zu mir herab. Es war eine zerlumpte und furchterregende Schar, und die südliche Sonne hatte sie dunkelbraun gebrannt. Es mochten nicht mehr als fünfzehn oder sechzehn Mann sein. Fast jedem von ihnen war ein Zahn herausgeschlagen oder ein Ohr abgesäbelt oder das Nasenbein gebrochen.

Der Erste Maat winkte mich an Bord. Er war eine riesige Vogelscheuche von einem Kerl und hatte Augen wie Kanonenkugeln. Sein festgeteerter Zopf stand ihm wie ein Pfannenstiel vom Kopf ab.

»Willkommen auf der Bl ..., ich meine: auf der Süssen Molly«, sagte er, und er schien zuerst einen anderen Namen auf der Zunge gehabt, ihn dann jedoch hinuntergeschluckt zu haben. »Willkommen auf unserem bescheidenen Schiff, mein

Söhnchen. Verschütte nur ja keinen Tropfen von der Suppe! Der Kapitän wartet schon darauf.«

Offensichtlich hatten mich alle Mann an Bord erwartet. Jeder grinste mich an. Ich nahm einen Wilden mit rabenschwarzen Haaren wahr und einen Mann mit einem Habichtsgesicht, der einen Turban um den Schädel trug. Und dann erschien Kapitän Scratch in eigener Person, und er rieb sich aus Vergnügen über den köstlichen Geruch der Fischsuppe die Hände – so nahm ich wenigstens an.

»Trag es hinein, mein braver Bursche«, sagte er lächelnd, »diesen Weg bitte, mein Junge. Oliver, so heißt du doch, nicht wahr? Das ist ein schöner und passender Name. Du hast doch keine Angst vorm Dunkeln, oder? Ich wette, daß du schon genug Gespenster gesehen hast, was? Hier entlang, mein Junge. Hinein in die Kombüse damit.«

Mein einziger Wunsch bestand nur darin, den Suppenkessel abzugeben und so schnell wie möglich wieder an Land zu kommen. Der Durchgang war duster wie ein Kellerloch, und dieses Gerede von Gespenstern hatte mich verwirrt. Hier konnte es Wiedergänger geben, das waren unsere Seegespenster, die Geister der ertrunkenen Seeleute. »Ein bißchen schneller, mein Junge!«

Kapitän Scratch stieß eine Tür auf, und ich hob den Suppenkessel mit beiden Händen hoch. Die Kombüse war dunkel und still. Es wehte mir überhaupt kein Küchengeruch entgegen. Als nächstes hörte ich, daß Kapitän Scratch die Tür hinter mir verriegelte, und dann hörte ich seine Stimme dröhnen: »Macht los, Jungs, macht los! Die Flut läuft aus! Hinaus auf die See, meine lieben Galgenvögel!«

ZWEITES KAPITEL

in dem ich in mehr als einem Sinne auf hoher See bin

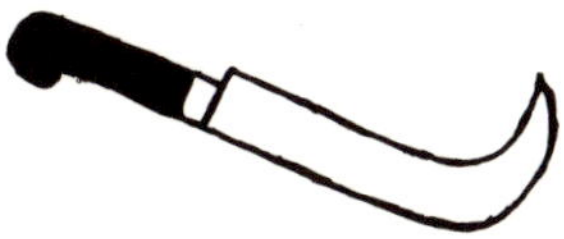

Ich wurde in dieser stinkenden Kammer zwei Tage lang gefangengehalten. Am ersten Tag versuchte ich, die Tür mit den Füßen einzutreten, und den zweiten Tag benutzte ich dazu, meine Füße zu pflegen. Das kostete mich viel Kraft und Schwung, und damit hatte Kapitän Scratch vermutlich gerechnet.

Ich träumte davon, ihn und seine Mannschaft von grinsenden Tagedieben in Ketten zu sehen. Was wollten sie denn von mir? Genau in diesem Moment konnte mein Vater Nantucket erreicht haben. Drei endlose Jahre hatte ich gewartet, und jetzt würde ich ihn vielleicht verpassen!

Meine Wut stieg und fiel wie ein Fieberanfall. Wenn ich Schiffsplanken unter den Füßen hätte haben wollen, so wären es niemals die von der SÜSSEN MOLLY gewesen. Verrottetes Pestschiff! Das einzig Gute an dem Abenteuer war nur, daß ich wenigstens den alten Mister Wicks überraschen würde, wenn ich so spurlos vom Erdboden verschwand.

Das Schiff arbeitete sich unterdessen stöhnend und knirschend durch die See. An den Stapeln von Leinwand, die ich mit meinen Fingerspitzen ertasten konnte, hatte ich erkannt, daß ich in der Segelkammer eingeschlossen war. Ich schlief auf

Segeltuch, und wenn ich hungrig war, dann steckte ich meine Nase in den Suppenkessel. Der Fisch war unterdessen kalt, aber trotzdem nahrhaft.

Mein Vater würde mich selbstverständlich suchen. Er würde die ganze Flotte von Nantucket unter Segel bringen und mir nachsetzen. Jack Crick konnte in jedem Moment seine Harpune nach uns werfen, und er würde Kapitän Scratch genau ins Herz treffen. Und dann würde Jack auf des Kapitäns rotem Bart einen irischen Holzschuhtanz tanzen.

Ich war auf meinem Berg von Segeln fest eingeschlafen, und als ich die Augen aufschlug, sah ich, daß die Tür sperrangelweit offen stand und daß sich der Erste Maat über mich beugte. Er stieß mich mit seinem knochigen Finger an, der so lang wie ein Ast war.

»Da soll mich doch der Affe lausen!« schrie er mit einer Gackerstimme. »Ist das nicht der nette kleine Junge aus Nantucket? Ich wünsch' dir einen guten Morgen, mein Söhnchen. Du hast wohl vergessen, an Land zu gehen, als wir losgemacht haben, was?«

Ich fuhr in die Höhe. Wenn ich irgend etwas von Hunden wußte, so war es dies: Man darf sie niemals merken lassen, wenn man Angst hat. Und auch auf hoher See gab es Köter und Hunde. Sie sollten mich nicht zittern sehen. Ich starrte ihm direkt in die Augen. »Vergessen?« sagte ich. »Davon kann keine Rede sein, Sir! Ich bin eingeschlossen worden, und das wissen Sie genauso gut wie ich!«

»Eingeschlossen, sagst du?« Er schnalzte mit der Zunge und ließ seine Kanonenkugelaugen in gespieltem Entsetzen hin- und herrollen. »Diese Tür hat wirklich die unangenehme Eigenschaft, sich selbst zu schließen und zu klemmen. Aber sage mir, mein Sohn, was für ein Meerwurm sollte dich denn einsperren, kannst du mir das vielleicht sagen?«

»Es ist Kapitän Scratch selbst gewesen!« antwortete ich. Seine Haifischzähne schimmerten im Zwielicht auf. »Ein aufrechter Seebär wie er? Nun, du kannst dem Wort von John

Ringrose vertrauen, daß es keine freundlichere Seele auf hoher See gibt als unseren guten Kapitän Scratch. Wirklich, sein Herz ist so echt wie das Erz der Kirchenglocken, und es ist genausogroß.«

»Unsinn!« stieß ich hervor und erschrak selbst über meinen Zorn. Er kniff eins seiner Augen zusammen. »Ja, aber der Kapitän schätzt keine blinden Passagiere an Bord seines Schiffes, nein, nein, er nicht! Ich hoffe nur aus ganzer Seele, daß er seine neunschwänzige Katze nicht herausholt, wenn sein Blick auf dich fällt, mein Söhnchen.«

»Blinder Passagier!« platzte ich heraus.

»Ja, ja!«

»Aber ich bin doch nicht im geringsten ein blinder Passagier, Sir!«

Er verlagerte sein Gewicht auf das andere Bein und stieß ein Kichern aus. »Oh, du kannst dich auf John Ringrose verlassen, er wird schon ein gutes Wort für dich einlegen. Komm her, mein Söhnchen, wir wollen dich ein bißchen putzen, wir wollen doch, daß du für den Kapitän recht schön aussiehst.« Er klopfte meine Wolljacke ab und fuhr mir mit den Fingern durchs Haar. »Das ist schon besser. Du hast ein ehrliches Gesicht, mein Junge, das wird dein Glück sein. Und du hast Seemannsaugen, das hab' ich auf den ersten Blick gemerkt. Blau sind sie doch, was? So blau wie der Indische Ozean. Hinauf jetzt mit dir, mein Junge!«

Ich war froh, daß ich das Tageslicht wieder sehen konnte, obwohl ein kalter Nebel über dem Wasser lag. Die Sonne schimmerte wie ein böses Auge durch den Dunst, und ich merkte sofort, daß wir südlichen Kurs eingeschlagen hatten.

»Kapitän!« rief John Ringrose, packte mich beim Kragen und ließ mich die Leiter zum Oberdeck hinaufsteigen. »Sehen Sie, was ich da unten für Sie entdeckt habe.«

Kapitän Scratch hatte das Wetter begutachtet. Als er mich sah, schossen seine Augenbrauen in die Höhe. »Da soll doch der Teufel!« rief er aus und tat so unschuldig wie ein neugeborenes Lamm. »Das ist ja der junge Oliver Finch.«

Seine Beine steckten in hohen Stiefeln, und er hatte sich gegen die Kälte einen Pelz um die Schultern geschlungen. Beim bloßen Anblick dieses Mannes blieb mir der Atem stillstehen. Er ragte wie ein großes zottiges Ungeheuer vor mir auf, und ich wünschte brennend, ihn niederzuschießen. Ich hatte trotzdem Angst, aber ich war fest entschlossen, sie mir nicht anmerken zu lassen. Mein Vater würde seine Füße fest auf die Planken stemmen und diesem Schurken einen ruhigen, aber mutigen Blick zuwerfen, und ich wollte versuchen, es genauso zu machen.

»Du bist wohl von zu Hause ausgerissen, mein Junge?«

»Nicht im geringsten, Sir«, antwortete ich.

»Ich habe ihn in seinem Versteck in der Segelkammer aufgestöbert«, sagte John Ringrose und lachte.

»Ein blinder Passagier! Gott bewahr mich, das bedeutet die neunschwänzige Katze.«

»Ich hoffe, Sie sind nicht zu hart zu ihm, Kapitän«, seufzte Mister Ringrose, »er hat ja kaum Fleisch auf den Rippen. Ich würde die Katze lieber auf meiner eigenen Haut spüren, als daß ich mit ansehen müßte, wie sie auf einen Knaben in seiner zartesten Jugend herniederfährt.«

Ich richtete mich bolzengerade auf. »Sie können mir keine Angst einjagen, Sir«, erklärte ich. Das war freilich weit von der Wahrheit entfernt. Mein Herz klopfte wie ein Schmiedehammer.

»Es wären natürlich die mildernden Umstände zu bedenken«, fuhr der Erste Maat fort, »nach Aussage des Jungen ist die Tür von selber zugeschlagen.«

»So etwas hab' ich nie behauptet!« protestierte ich. Sie beachteten mich jedoch gar nicht, sondern unterhielten sich über meinen Kopf hinweg weiter. Man hätte wirklich denken können, ich sei der Bösewicht und nicht Kapitän Scratch.

John Ringrose leckte sich die Lippen. »Nun, Sie sind ja ein mildtätiger Mensch, Kapitän, dafür sind Sie ja zwischen Tortuga und Sansibar berühmt und bekannt. Deshalb glaube ich, daß ich in Ihrem Namen spreche, wenn ich vorschlage, den Jungen ohne Strafe laufenzulassen – er muß sich freilich verpflichten, sich gut zu benehmen.«

»Das ist mir aus dem Herzen gesprochen, Mister Ringrose«, stellte Kapitän Scratch so nachdenklich fest, als ob er der höchste Richter der Admiralität wäre, der über einen Rechtsfall zu befinden hätte. »Nun gut, ich will die Katze ruhen lassen, da der Junge uns sicher versprechen wird, kein Unheil anzustiften.«

»Gott segne Sie, Käpt'n«, sagte der Erste Maat und nickte, wobei er mir einen Wink gab, als sollte ich mich bei Kapitän Scratch für seine übergroße Güte bedanken.

»Ich wäre Ihnen nur zu Dank verpflichtet, Sir«, erwiderte ich, »wenn Sie mir zuerst einmal verrieten, warum Sie mich auf Ihrem Schiff entführt haben, und wenn Sie mich zweitens so bald wie möglich wieder ans Ufer setzten.«

»Der geht immer gleich wie eine Ladung Pulver in die Luft, wie?« bemerkte Mister Ringrose und lachte.

»Ja, genauso launenhaft wie Billy Bombay!« ergänzte der Kapitän. Seine Augen glühten wie Leuchtkugeln. »Der hat auch immer seine Meinung gradheraus gesagt, der gute alte Billy. Ja, und dabei fällt mir ein, daß du uns auf unserer Fahrt recht nützlich sein kannst, Oliver Finch. Ganz besonders nützlich.«

»Merken Sie sich meine Worte, Sir«, antwortete ich und wünschte dabei, daß sich meine Stimme nicht immer so gräßlich höflich anhören würde, »wenn mein Vater von Ihrer Untat erfährt, dann wird er Sie wie einen Walfisch längsseits nehmen und Sie in Ihrem eigenen Fett zu Tode sieden, Sir!«

»Haben Sie das gehört, Mister Ringrose!« grölte der Kapitän begeistert. »Lampenöl will er aus mir kochen!«

»Der Herr bewahre uns!« krächzte der Erste Maat.

»Mein lieber Junge, es schmerzt mich sehr, zu hören, daß du eine so schlechte Meinung von mir hast«, sagte Kapitän Scratch, »ich würde dich doch nicht für den ganzen Zucker aus Jamaika gegen deinen Willen hier an Bord festhalten! Du kannst mir die Knochen im Leibe zerbrechen, wenn ich dazu imstande wäre. Wenn du Land unter deinen Füßen haben willst, dann sollst du Land unter deinen Füßen haben. Du kannst dich darauf verlassen, mein Junge, daß dich Harry Scratch wieder an Land bringen wird. Schon bei der nächsten Gelegenheit. Wirklich, mein guter Freund, du bist so frei wie ein Seevogel!«

In diesem Moment erklang ein Schrei aus dem Auslug. »Schiff ahoi!« Kapitän Scratch ließ sein Lächeln wie eine Maske fallen.

An der Steuerbordseite durchpflügte der Bug eines Walfängers den Nebel über den Wogen. Mein Herz machte einen Satz. Ich glaubte natürlich, es wäre das Schiff meines Vaters, der zu meiner Rettung herbeigeeilt sei. Aber als ich die geschnitzte Galionsfigur unter dem Bugspriet erkennen konnte, merkte ich, daß es DIE RACHE VON JONAS war. Das war das schnellste Schiff aus der Flotte von Nantucket.

John Ringrose legte mir sofort eine Hand über den Mund und riß mich hinter die Aufbauten, so daß ich außer Sicht war. Und dann setzte mir Kapitän Scratch den Fuß auf den Nacken. Frei wie ein Seevogel – das war ich wahrhaftig.

»Haltet an, ihr da drüben!« riefen sie vom Walfänger herüber. »Habt ihr Oliver Finch an Bord?«

»Wen sollen wir an Bord haben?« fragte Kapitän Scratch in einer so unschuldigen Stimme zurück, als ob er meinen Namen noch niemals gehört hätte.

»Den Jungen von Kapitän Jesajah Finch!«

»Der ist wohl ausgerissen, was?«

»Das ist nicht wahrscheinlich, Sir! Sein Vater wird jeden Tag zurückerwartet.«

»Hier auf der SÜSSEN MOLLY haben wir keine Passagiere!« rief der Kapitän hinüber.

Ich zappelte und versuchte mich zu befreien, aber Mister Ringrose schloß seine Hand fester um meinen Mund, und Kapitän Scratch lehnte sich noch schwerer auf seinen Fuß. Ich rollte auf den Planken hin und her und glaubte einen Augenblick, daß ich an Halluzinationen litt. Ich sah Jibboom!

Er hatte es sich in einer Rolle Tauwerk bequem gemacht und starrte mich an. Wahrscheinlich war er wie immer hinter mir her gelaufen und hatte mich bis an Bord verfolgt. Zum erstenmal in meinem Leben war ich froh, den Kater zu sehen. Aber selbst jetzt, da ich mich verzweifelt zu befreien versuchte, schaute er mich mit seinem einen Auge nur ruhig an und machte keine Anstalten, mir zu helfen.

Das Gespräch ging zwischen den beiden Schiffen noch weiter. Ich dachte unterdessen darüber nach, daß es Tante Käthe gewesen sein mußte, die die Walfänger auf meine Spur gesetzt hatte, wenn mein Vater noch nicht im Hafen eingelaufen war. »Der Junge ist gesehen worden, wie er an Bord der SÜSSEN MOLLY gegangen ist, Sir!« Ich erkannte die Stimme meines Freundes Jack Crick, des Harpuniers.

»Wir sind nicht das einzige Schiff, das mit der Tide hinausgesegelt ist«, antwortete Kapitän Scratch, »der Bursche ist wahrscheinlich mit so einem Trankocher wie eurem Schiff davongesegelt, darauf gehe ich jede Wette ein!« Damit ließ er das Fell von seinen Schultern gleiten und gab John Ringrose ein schnelles Zeichen, mich unter Deck zu schaffen. »Aber Sie sind willkommen, meine Herren, wenn's Ihnen recht ist.«

»Wir lassen ein Boot hinab.«

Der Erste Maat verlor keine Zeit. Er band sein Schnupftuch um meinen Mund, rollte mich in das stinkende Fell, warf mich wie einen Teppich über seine Schulter und schleppte mich unter Deck. Ich verließ mich jedoch fest darauf, daß man Jack Crick nicht zum Narren halten konnte. Er würde genau wissen, daß ich an Bord war. Er würde es in dem gleichen Moment wissen, in dem er Jibboom sah, denn er kannte ja schließlich Tante Käthes einäugige Katze. Es ging immer tiefer in das Schiff hinab. Mein Herz schlug mir ohnehin schon im Halse, aber als ich sah, daß Jibboom uns folgte, da wäre ich fast erstickt. Tiefer und tiefer ging es, und Jibboom blieb uns immer ein paar Schritt weit entfernt auf der Spur. Ich versuchte ihm durch das Schnupftuch über meinem Mund etwas zuzurufen, aber er schlich wie ein Luchs hinter uns her.

Schließlich hatten wir den tiefsten Grund des Schiffes erreicht. Wir waren bei den Ballaststeinen, und dort blieben wir auch, Mister Ringrose, Jibboom und ich.

»Daß du keinen Muckser von dir gibst, mein Junge«, zischte mir der Erste Maat warnend zu, »sonst muß ich dir wie einem Hühnchen den Hals umdrehen.«

Er zog mir das Taschentuch noch einmal stramm durch den Mund, und dann saßen wir schweigend auf den kalten und feuchten Steinen zusammengekrümmt da. Ich starrte durch die Finsternis nach oben und dachte an Jack Crick und an die anderen, die jetzt in allen Decks herumsuchten. Sie waren so nah! Aber hier unten in diesem schwarzen Loch würden sie mich niemals finden.

Ich war zur Abwechslung so verzweifelt und so wütend, daß ich das Taschentuch zu zerbeißen versuchte. Ich wünschte, mein Vater wäre hier. Er hätte die Lage mit einem einzigen Blick übersehen und allen schon längst die Schädel eingeschlagen.

Zum Donner! Das konnte ich auch tun. Dieser Gedanke befeuerte alle meine Sinne. Es war kein Augenblick mehr zu verlieren. Die Gelegenheit dazu türmte sich um mich herum auf, und John Ringrose hatte nicht daran gedacht, meine Hände zu fesseln. Ich brauchte nur einen der Ballaststeine zu packen und ihn niederzuschlagen.

Ich war klug genug, ihn nicht auf mich aufmerksam zu machen. Vorsichtig suchte ich mit beiden Händen Zentimeter für Zentimeter den Boden um meine Beine herum ab. Ringrose versuchte mich zu unterhalten und vertrieb mir die Zeit damit, daß er mir von seinen Abenteuern erzählte.

Er war von zu Hause ausgerissen und auf See gegangen, hatte schon zwei Schiffbrüche hinter sich, war einmal von den Spaniern gefangen worden und einmal zur Strafe an einer unbewohnten Küste ausgesetzt worden, und das alles vor seinem 15. Geburtstag. »Ja, ja, ich weiß genau, was es heißt, wenn man sich vor Angst nicht zu lassen weiß und ganz allein ist auf der Welt, mein Junge, genauso wie du.«

Unterdessen hatte ich mir einen schönen großen Ballaststein ausgesucht. Mir brach der Schweiß bei dem Gedanken aus, daß Jack Crick und die anderen das Schiff schon verlassen haben konnten, eh' ich wieder an Deck aufgetaucht war. Ich spannte meine Muskeln, holte tief Atem – aber ich konnte den Stein keinen Zentimeter von der Stelle rühren. Er war so unbeschreiblich schwer, daß er wie angeschmiedet lag.

Meine Finger begannen fieberhaft nach etwas Kleinerem zu tasten. »Ja, mein Sohn, in John Ringrose hast du einen guten Freund gefunden. Er wird dafür sorgen, daß dir an Bord dieses Schiffes nichts geschieht.«

Jetzt hatte ich einen Felsstein von der Größe einer Kanonenkugel entdeckt. Ich zögerte jedoch. Ich stellte zu meiner Überraschung fest, daß es mir leid tun würde, wenn ich ihm mit diesem Stein den Schädel einschlagen würde. Aber es würde mir natürlich noch viel mehr leid tun, auf diesem höllischen Schiff allein zurückbleiben zu müssen, und deshalb tat ich, was ich tun mußte.

Der Schlag traf ihn direkt auf die Schädeldecke. Ich war schon dabei fortzulaufen. Aber der Wackerstein ließ Ringrose nur in ein Gelächter ausbrechen. »Da schlag doch einer lang hin!« rief er und packte mich beim Fußgelenk. »Das hätte ich dir nicht zugetraut. Ha, wenn ich nicht einen Schädel wie einen Amboß hätte, dann würde ich jetzt alle Engel singen hören. Ja, wirklich, mit so viel Unternehmungsgeist, wie du ihn hast, da wirst du's noch mindestens zum Admiral bringen. Aber nun gib Ruhe, dann erzähl' ich dir auch, wie ich den Spaniern entkommen bin. Wenn du diese Fahrt hinter dich gebracht hast, dann kannst du auch dein Garn spinnen, und dafür wirst du mir später noch einmal dankbar sein.«

Ich fiel wieder in die tiefste Verzweiflung zurück. Nach einer Weile drang ein Ruf zu uns herab. Die Leute aus Nantucket waren zu ihrem Schiff zurückgekehrt. Mister Ringrose band das Tuch wieder los, aber jetzt war es zu spät zum Schreien. Ich konnte Jibbooms einsames Auge in der Finsternis glimmen sehen. Verdammte Katze! Wir waren jetzt verraten und verkauft, verlassen auf der verrotteten SÜSSEN MOLLY.

»Wohin fahren wir denn, Sir?« erkundigte ich mich ohne viel Hoffnung und Interesse.

»Das, mein Jung', kannst du ruhig dem Kapitän überlassen. Er wird schon den richtigen Kurs einschlagen.«

»Aber was will er denn von mir?«

»Du bist Schlag Mitternacht geboren, stimmt das nicht? Genauso wie Billy Bombay? Wenn die Zeit gekommen ist, dann wird er dir schon die richtige Antwort geben, der Kapitän.« Mehr sagte er nicht, und wir tappten wieder über die nassen Ballaststeine zurück. Als ich die Dunkelheit über mir abtastete, stieß ich gegen Kanonen und Stapel von Kanonenkugeln.

»Ja, Kanonen haben wir auch«, sagte Mister Ringrose lachend, »und genug Kanonenkugeln und Kartätschen, um alle Auseinandersetzungen in unserem Sinne zu beenden.«

Während wir nach oben kletterten, warf ich noch einmal einen Blick zurück und überlegte, was für ein sonderbares Schiff die SÜSSE MOLLY wohl sein mochte.

DRITTES KAPITEL

das von Geistern handelt und davon, wie ich Kapitän Scratch mit einer Holzplanke zu überlisten versuchte

Die Süsse Molly schob sich verdrießlich durch die Wogen und blieb immer hübsch weit vom Land entfernt.

Der Gedanke an Flucht oder Rettung verließ mich jedoch nie. Der Kapitän entschied, daß ich nur zum Schiffsjungen tauge.

»Ja, und er kann seine Arbeit damit beginnen, daß er mir einen Krug Wein und ein Stück Kuchen holt.«

Ich hatte meine Angst vor ihm etwas überwunden, zumindest dann, wenn er bei guter Laune war, aber ich sah keinen Grund, ihn zu bedienen.

»Wenn ich mir die Bemerkung gestatten darf, Sir«, sagte ich, »so möchte ich Sie daran erinnern, daß ich nicht bei Ihnen angeheuert habe und deshalb nicht zu Ihrer Mannschaft gehöre.« Ich fand, daß das mein Vater auch nicht besser hätte sagen können, und diese Erkenntnis stärkte mein Selbstbewußtsein wieder etwas.

Er stand barhaupt im Wind, und sein Bart flatterte wie eine Fahne um ihn. »Da soll doch gleich das Donnerwetter dreinschlagen! Hab' ich dir das noch nicht gesagt, mein Junge? Ich habe doch schon längst für dich unterschrieben!«

Er führte mich zum Hauptmast, und dort waren die Namen der ganzen Besatzung eingeschnitzt. Alle hatten ein großes X hinter ihren Namen gehauen, außer einem, der alle Buchstaben des Namens eingekerbt hatte, unter dem er segelte: Jack Laterne. Ich kannte ihn als Zweiten Maat.

»Das sind unsere Schiffspapiere!« sagte Kapitän Scratch und lachte, während er mit der Faust gegen den Mast schlug. »Und dieses Kreuz hier, das steht für dich, mein Junge. Kannst du denn deinen eigenen Namen nicht lesen?«

»Ja, Sir«, antwortete ich und mußte zugeben, daß er mich überlistet hatte. »Aber er wird nicht so geschrieben.«

»Das muß uns reichen. Nun hol mir den Wein.«

Schiffsjunge und Leibdiener sollte ich sein? Ich war finster entschlossen, der schlechteste Diener zu werden, der jemals geboren war. Ich suchte mir in der Kombüse ein Faß mit alten Schiffszwiebäcken und pulte diejenigen heraus, die am meisten von Würmern zerfressen waren. Als ich an Deck zurückkam, ließ Kapitän Scratch gerade die unteren Segel naß machen, damit er schneller segeln konnte. Nasse Segel halten den Wind besser. Er leerte den Weinkrug mit einem Zuge fast zur Hälfte. Das Gebäck war steinhart, aber das schien er gar nicht zu merken. Er biß davon ab und spuckte die Würmer wie Traubenkerne aus, und dann schickte er mich nach mehr. Auf diese Weise konnte man dem Mann nicht beikommen.

Ich schlief vorn im Schiff im Mannschaftsquartier in einer engen düsteren Koje. Das Seewasser schwitzte aus jeder Plankennaht und tropfte von der Decke. Bis dort unten hinunter reichten weder Tageslicht noch frische Luft, und Tag und Nacht hing der Tabakrauch wie dichter Seenebel in der engen Kajüte.

Auf dem Schiff geschahen sonderbare Dinge. Erstens einmal ließ Kapitän Scratch die ganze Nacht eine Lampe in der Kabine brennen. Er hatte Angst, im Dunkeln zu schlafen. Er fluchte ununterbrochen über die Seegespenster. Er hatte eine

Todesangst, daß sie nachts das Schiff ersteigen und ihm die Kehle durchschneiden würden. Das hat mir Mister Ringrose selbst erzählt. In den dunklen Stunden der Nacht mußte ein Matrose die Runden machen und dabei ununterbrochen eine Laterne schwingen, um alle Wiedergänger wegzuscheuchen, die sich eventuell an Bord schwingen wollten. Man kann sie genauso wenig sehen wie den Wind, aber die salzigen Meergeister hinterlassen nasse Fußtapfen auf den Deckplanken, und dadurch verraten sie sich sofort. Der Mann auf der Geisterwache mußte deshalb seine Augen an den Boden geheftet halten, um die verräterischen Tropfen nicht zu übersehen. Es dauerte nicht lange, bis ich mir einen Weg zu meiner Rettung ausgedacht hatte. Die in den Mast gehauenen Namen hatten mich auf die Idee gebracht. Ich brauchte dazu nur ein Messer, und das besaß ich ja. Ich wollte eine Botschaft in eins meiner Kojenbretter schnitzen und das dann ins Wasser werfen.

Ich mußte so lange warten, bis die Mannschaft schnarchte und die Tranfunzel niedrig gedreht worden war. Dann schob ich die Matratze zur Seite und begann zu schnitzen. Das dauerte lange, und ich grub meine Botschaft tief ins Holz. Wenn sich jemand regte, hielt ich inne. Wenn die Wache hereinkam, tat ich so, als ob ich schliefe. Jibboom hatte einen Balken entdeckt, der ihm behagte, und brachte jetzt die Nachtstunden damit herum, daß er mir mit seinem klugen alten Auge zuschaute. Ich hatte meinen Zorn auf ihn überwunden, und er war ja auch eine Art von Trost für mich, obwohl wir immer noch nicht auf dem besten Fuße miteinander standen.

Ich arbeitete zwei ganze Nächte an meiner Botschaft, aber schließlich konnte ich die letzten Buchstaben einschneiden. Die Nachricht lautete:

HILFE!!! BIN AN BORD DER SÜSSEN MOLLY
GEFANGEN! NEHMEN VON NANTUCKET AUS
SÜDLICHEN KURS OLIVER FINCH, 12 JAHRE

Am nächsten Tag wartete ich, bis die Kojen leer waren und begann dann, die Nägel herauszubohren, um das Brett freizubekommen. Als ich gerade bei der schönsten Arbeit war, sah ich, daß Jibbooms Schwanz in die Höhe schoß. Ich drehte mich um. Kapitän Scratch stand mit mißtrauisch funkelnden Augen hinter mir.

»Was machst du da, Junge?« grollte er.

Donner und Doria, ich war entdeckt! Das war das Ende. Dann fiel mir jedoch ein, daß Kapitän Scratch keinen Buchstaben vom anderen unterscheiden konnte. Er konnte gar nicht lesen, er tat nur so. Ich schaute ihm in die Augen und beschloß, ihn zu überlisten.

»Wie Sie selbst sehen können, Sir«, antwortete ich, »habe ich hier den Wahlspruch meiner Familie ins Holz geschnitzt. Er soll mir Glück bringen, Sir.«

»Glück, sagst du?«

»Ja, Sir.«

Er kratzte sich in seinem feurigen Bart, starrte mich an und schob mich dann zur Seite. Er kniff ein Auge zusammen und musterte meine Botschaft.

»Ich hab' verdammt schlechte Augen, mein Junge, und hier unten ist nicht viel Licht zum Lesen.«

»Nein, Sir.«

»Als ich so jung war wie du, da hab' ich noch besser sehen können. Familienwahlspruch, hast du gesagt?«

»Ja, Sir.«

»Ah ja, allmählich kann ich es erkennen.«

»Ich habe, glaube ich, ein oder zwei Wörter falsch geschrieben«, sagte ich, während ich mich verzweifelt bemühte, mir einen passenden Familienspruch auszudenken.

Er versuchte es mit dem anderen Auge. »Du hast eine gute Handschrift, das muß ich wirklich sagen.«

»Wegen der Wörter, die ich falsch geschrieben habe, kann man es nur schwer lesen, glaube ich«, fuhr ich fort. Mir war jetzt etwas eingefallen.

»Ah, ja, ja, die Schreibfehler haben mich ganz verwirrt.«

»Es soll nämlich heißen« – ich hatte mir ein richtig schönes Motto ausgedacht – »ich meine, es heißt: ›Das Herz eines Finch überwindet alle Gefahren.‹«

»Ja, das stimmt!« sagte er und nickte, während sich ein Lächeln über sein Gesicht breitete. »Jetzt kann ich es ganz genau erkennen, wirklich. Aber das Wort Herz hab' ich so wirklich noch niemals geschrieben gesehen. Da steckt der Fehler, mein Junge. Na, auf jeden Fall ist das der beste Familienspruch, auf dem man schlafen kann.« Er drehte sich um und war fort.

Kein vorüberfahrendes Schiff, so dachte ich mir, würde jedoch wegen einer im Meer treibenden Holzplanke anhalten. Meine Botschaft könnte monatelang, ja sogar Jahre über die Wellen schwimmen.

Warum hatte ich denn nicht schon eher daran gedacht? Was war ich für ein hirnverbrannter Narr. Es war schon wirklich ein Wunder, daß ich etwas direkt vor meiner Nase erkennen konnte. Denn die Lösung des Problems steckte in meiner eigenen Tasche. Es war die goldene Dublone, die mir Kapitän Scratch selbst aufgedrängt hatte.

Ich holte die Münze aus meiner Hosentasche heraus. Ich rieb sie so blank, daß sie wie ein Spiegelglas funkelte. Als ich einen Augenblick lang allein war, nagelte ich sie mitten auf das Brett mit meiner Botschaft. Wenn das in der Sonne aufblitzte, mußte es die Neugier jedes Mannes im Auslug erregen. Es kam nur darauf an, daß die Planke mit der richtigen Seite nach oben im Wasser landete.

Ich mußte dafür sorgen, daß das der Fall war.

Ich schlich heimlich in die Segelkammer und schnitt mir ungefähr hundert Fuß vom festesten Segelgarn ab. Jetzt hatte ich alles beisammen, und es stand sogar eine kalte weiße Mondscheibe am Himmel, um mir zu helfen.

Ich wartete, bis die Geisterwache vorübermarschiert war und bis nur noch das Wasser um den Bug rauschte und zischte. Ich hatte mich in den dunkelsten Schatten des Achterdecks gedrückt, alle meine Sinne waren gespannt. Ich konnte Jack

Laterne, den Zweiten Maat, oben am Ruder sehen. Sein Name paßte ganz und gar zu ihm, er hatte ein breites dickes Gesicht und einen gewaltigen Appetit. Ein gigantischer Gürtel umschloß seinen Bauch wie einen Faßreifen. Er sang zufrieden für sich und die Sterne.

Geräuschlos ließ ich meine Planke am Garn des Segelmachers ins Wasser hinab. Wenn sie auf der falschen Seite landete, so wollte ich sie wieder hochziehen und es noch einmal versuchen. Aber ich hatte gleich beim erstenmal Glück. Ich sah, wie das Goldstück das Mondlicht spiegelte und ließ das Garn fahren. Mein Herz machte einen Satz vor Glück – meine Botschaft war auf ihrem Weg. Ich beobachtete sie noch so lange, bis die blitzende Dublone jenseits unserer Schaumspur verschwunden war. Jetzt würde ich bald gerettet werden! Ich bedankte mich im stillen bei Kapitän Scratch für seine nützliche spanische Münze.

Jetzt wurde mir bewußt, daß Jack Laternes singende Stimme nicht mehr über mir in der Luft ertönte. Ich schaute auf, und da stand er hinter mir und spähte auf mich herab. Ein breites Grinsen zog über sein rundes Gesicht. Ich erstarrte. Sicher wollte er das Schiff wenden und die Planke herausfischen, und dann würde er meine Untat entdecken. Wir standen uns gegenüber und starrten einander in die Augen, und keiner sagte ein Wort. Schließlich hörte ich sein unterdrücktes Gelächter und faßte wieder Mut. »Kannst du ein Schiff steuern, Kleiner?«

»Ja, Sir.« Das entsprach nicht ganz der Wahrheit.

»Sicher und gewißlich?«

»Jedenfalls bin ich nicht sicher, daß ich ein Schiff nicht steuern kann«, antwortete ich.

Er rief mich zum Steuer hinauf und erklärte mir den Kurs und ließ mich versuchen, das Steuerrad zu halten. Zuerst tanzte das Schiff wie ein Blatt im Sturm hin und her, aber schließlich bekam ich die Sache in den Griff.

Was die Planke betraf, so stellte Jack Laterne keine Fragen, und auch an den kommenden Tagen machte er immer das, was er selbst für richtig hielt.

VIERTES KAPITEL

in dem es von Messern und Pistolen nur so wimmelt und in dem es Vorzeichen für meine Zukunft gibt

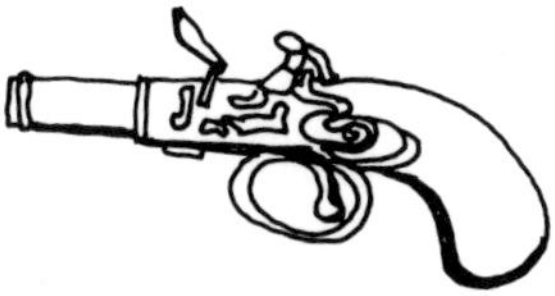

Die Tage reihten sich aneinander, die Wochen verstrichen, aber ich sah kein Zeichen von einem anderen Schiff. Kapitän Scratch hatte sich einen Kurs ausgesucht, der weit entfernt von den üblichen Schiffahrtsstraßen lag. Trotzdem verzweifelte ich nicht. Eines Morgens kam ein Vogel angeflattert und ließ sich auf der Rahnock nieder. Nachdem er sich fast den ganzen Tag lang dort ausgeruht hatte, flog er wieder fort. Wie ich ihn um seine Flügel beneidete!

Ich hatte noch nie in meinem Leben eine Mannschaft von so faulen Tagedieben gesehen. Außer Mister Ringrose, der mir das Knotenschlagen beibrachte, und Jack Laterne, der mich mein Gedächtnis an den Sternbildern über uns üben ließ, tat keiner mehr, als unbedingt notwendig war, daß das Schiff segelte, und allenfalls die Lecks zu dichten und die Wache zu halten. Ich habe kein einziges Mal gesehen, daß einer der Männer einen Eimer Wasser hochgehievt hätte, um seine Kleider drin zu waschen – sie zogen sie doch nie aus. Niemals haben sie die Decks geschrubbt. Mein Vater hätte dieses Pack über Bord geworfen, aber Kapitän Scratch schien mit ihm recht zufrieden zu sein.

Die Seeluft wurde mild, und wenn der Kapitän an Deck erschien, war er nicht mehr in sein Fell gehüllt. Wir erreichten allmählich südliche Breitengrade. Jeden Nachmittag ließ er mich einen Mund voll Pökelfleisch holen, das er überaus gern verzehrte, und dann marschierte er damit an der Reling entlang, pfiff vor sich hin und schnitt sich zwischendurch mit dem blanken Messer ein Stück Fleisch ab.

Die Nächte erstrahlten jetzt in tausend Sternen. Die SÜSSE MOLLY schien sich in diesen Gewässern so wohl zu fühlen wie eine Taube, die in den heimischen Schlag zurückeilt, und eines Nachts fragte ich Jack Laterne, wo wir uns jetzt wohl befänden.

»Riechst du die Luft?« antwortete er und schaute mich mit einem breiten Lachen an. Er stand wieder am Steuer, und sein rundes Kürbisgesicht leuchtete im Licht der Lampe aus dem Kompaßhäuschen. »Das ist spanischer Wind, der uns die Segel füllt, mein werter junger Herr, und wenn du nicht willst, daß dir die Kehle geschlitzt wird, dann mußt du die Augen offenhalten, denn hier wimmelt es von Seepiraten und anderem Gelichter. Wir nähern uns jetzt der alten spanischen Kauffahrteistraße, Skipper. Ja, ja, wenn sie uns im Schlaf überraschen, dann gibt es Blut zum Frühstück.«

Er ließ sein kehliges Lachen erdröhnen, und ich dachte mir schon, daß er ein bißchen übertrieb, um mich zum besten zu halten. Aber in dieser Nacht wurde ich ein paarmal wach vom Klirren von Ketten und von schweren schurrenden Geräuschen in den Durchgängen. In den dunklen Stunden vor dem Morgen hörte ich John Ringroses meckerndes Gelächter im Laderaum, und Jibboom sprang in meine Koje. Wir starrten uns einen Moment lang in die Augen, und dann stieg er vorsichtig über meine Beine und rollte sich auf meinen Füßen zusammen. Ich ließ ihn liegen.

Als wir am nächsten Morgen erwachten, glaubten wir, auf einem fremden Schiff mit einer anderen Besatzung zu sein. An allen Ohrläppchen tanzten goldene Ringe, Gürtel strotzten von Pistolen und Messern, Kanonen waren aus dem Laderaum herausgehievt und an Deck in Position gebracht worden. In den Verschanzungen standen kleinere Geschütze. Wir waren wie ein Krieger bis zu den Zähnen bewaffnet.

Und mittendrin stand Kapitän Scratch und schrie seine Befehle und Verwünschungen mit einer so gewaltigen Stimme, daß er die Wasser damit in Bewegung hätte setzen können. Er hatte sich eine blutrote Schärpe um den Kopf geschlungen, und seine Augen fuhren in wildem Entzücken hin und her. Er hatte sich drei Messer und drei Pistolen in seine seidene Schärpe gesteckt. Bei jedem Befehl blitzte ein Säbel in seiner Hand auf.

»Verdammt noch mal, Hadschi!« grölte er und durchhieb die Luft vor einem Matrosen aus dem Roten Meer, der einen Turban um seinen Kopf trug. »Marsch hinauf, du habichtsnasiger Galgenvogel. Ezra Fly! Ned Knollennase! In die Masten, Jungens! In die Masten! Kannibal, wo steckt der fleischfressende Gauner? Hißt unsere Farben, ihr rundköpfigen Wilden! Finch! Pack mit an, sonst schlag' ich dich in Stücke!«

Es dauerte einen Augenblick, ehe ich begriff, daß der Säbel auf mich zuzischte, aber dann setzte ich mich in Bewegung.

»He, du da oben im Ausguck! Wenn du auch nur einen Fetzen Leinwand am Horizont siehst, sag es an! Wehe, wenn du schläfst! Dann lass' ich dich heute abend den Fischen zum Fraß vorwerfen.«

Das Schiff wurde vor meinen Augen von vorn bis hinten frisch poliert. Ich fand mich selbst am Heck und griff mit zu. Ezra Fly, der Schiffszimmermann, ließ sich an einem Tau draußen an der Schiffswand herab, und nach geraumer Zeit konnten wir die schwere Planke mit dem Namen des Schiffes hereinhieven, die am Heck angebracht gewesen war. Sie hatte den Namen Süsse Molly wie eine Maske getragen.

Ich beugte mich über die Reling, um zu sehen, was für einen Namen die falsche Platte verdeckt hatte. Ich mußte plötzlich wieder an den Tag denken, an dem ich an Bord gekommen war und an dem mich Mister Ringrose begrüßt hatte. Damals hatte er sich versprochen, hatte sich aber gleich verbessert.

Jetzt begann ich die für mich auf dem Kopf stehenden Buchstaben am Heck zu entziffern, den wahren Namen des Schiffes.

Es war die BLUTIGE HAND!

Der Name ließ mich erschauern. Das war weder ein guter Name für ein Schiff noch für irgend etwas sonst. Jetzt schwand auch meine letzte Hoffnung auf Rettung. Ich konnte gar nicht gefunden werden. Wenn ein Schiff meine Botschaft auffischen würde, dann würden sie mich auf der SÜSSEN MOLLY zu finden versuchen, aber die SÜSSE MOLLY gab's nicht mehr. Alles war umsonst gewesen.

Ich richtete mich auf, als ein Jubelschrei erklang. Kannibal, dessen Haare ihm wie die Fäden einer Distelblüte von allen Seiten vom Kopf abstanden, hißte eine neue Flagge. Als sie sich im Wind entfaltete, stand ich wie vom Donner gerührt. Es war die schwarze Flagge der Seeräuber, der Totenkopf über den gekreuzten Knochen.

»Willkommen auf der BLUTIGEN HAND!« kicherte John Ringrose neben mir. »Du gehörst jetzt zur Mannschaft, mein Junge – und das ist die erlesenste Sammlung von Seeräubern und Halsabschneidern, die jemals zusammen auf einem Schiff gesegelt ist.«

So segelte unser Schiff in seiner wahren Gestalt vorm Wind, als ob es ein Messer zwischen den Zähnen hielte. Kapitän Scratch hatte ein Fäßchen mit Rum am Hauptmast festbinden lassen und durchlöcherte es mit seinem Säbel wie ein Sieb. Die Mannschaft drängte sich wie die Fliegen drum herum, und ihre roten weitaufgerissenen Mäuler schoben sich gierig unter den heraussprudelnden Rum.

Als die Nacht hereinbrach, war die Hälfte der Besatzung singend und johlend in die Kojen gerollt, während die andere Hälfte schlapp und reglos wie vergessene Bündel von Segelleinwand an Deck herumlag.

Ich hatte in Nantucket schon genug blutrünstige Geschichten gehört, Geschichten vom geheimen Orden der Küste, wie sich die Vogelfreien selber nannten, ich hatte von Morgan gehört und von Schwarzbart, von Tew und von Kapitän Kidd. Zu ihrer Mannschaft zu gehören, das bedeutete Mord und Piraterie. Wenn Kapitän Scratch aus mir einen Seeräuber machen wollte, dann hatte er auf das falsche Pferd gesetzt. Mit dieser festen Entscheidung im Herzen pochte ich an seine Kabinentür.

»Herein!« rief er. Die Tür war nur angelehnt und flog bei der nächsten sanften Bewegung des Schiffes auf. Kapitän Scratch saß mit offenem Rock da, eins von seinen Beinen, die in Stulpenstiefeln steckten, lag auf dem Kartentisch. In seiner einen Hand hing ein leerer Zinnhumpen, und neben seinem Ellenbogen vibrierte der Säbel, den er mit der Spitze tief ins Deck getrieben hatte.

»Kapitän«, sagte ich mit fester Stimme, »Sir ...«

»Komm herein, mein Junge«, unterbrach er mich, und sein Gesicht glühte vom Rum. Über seinem Schädel schwang die Lampe in ihrer schimmernden Messinghalterung langsam hin und her und ließ die Schatten über die Wände schwanken. »Gut getroffen, ich wollte dich gerade holen lassen. Setz dich.«

»Was ich Ihnen sagen muß, kann ich auch im Stehen sagen«, antwortete ich.

»Genug, Bursche!« brüllte er. »Setz dich augenblicklich hin! Was ich dir zu sagen habe, wird dir deine Hammelbeine schwächen!«

Er riß seinen Säbel aus dem Boden, hieb ihn in den nächsten Stuhl und schleuderte ihn mir zu. Dieser Mann erfüllte mich mit Entsetzen. Das Lächeln, das um seine Lippen flackerte und spielte, konnte die wilde Brutalität seines Gesichtes nicht im geringsten verhüllen. Ich fing den Stuhl im Fluge. Dann setzte ich mich, behielt aber die Tür im Auge, falls ich plötzlich die Flucht ergreifen müßte.

»Du hast dich also zu beklagen, Skipper?«

»Das hab' ich, Sir«, antwortete ich.

»Hat einer von meinen Wasserratten gewagt, dir ein Haar auf deinem Kopfe zu krümmen, wie? Nenne ihn mir, mein Junge, dann will ich ihn den Haien vorwerfen.«

Ich schüttelte den Kopf. »Ich habe keine Klage dieser Art. Tatsächlich werde ich durchaus ordentlich behandelt.«

»Ja, ja«, kicherte er, »das hab' ich auch befohlen. Ach, was sind das doch für gute, brave Burschen – lauter Pfarrerssöhne. Was stört dich denn dann, mein Junge?«

Ich versuchte, ihm gerade in die Augen zu schauen, was nicht sehr einfach war. »Es ist eine Sache, an Bord dieses Schiffes gefangengehalten zu sein, aber es ist etwas ganz anderes, Sir, plötzlich zur Mannschaft gerechnet zu werden. Kurz und gut, ich habe nicht die Absicht, Sie und Ihre Seeräuber zum Richtplatz zu begleiten.«

Gelächter brach aus seiner Kehle. »Richtplatz sagt er! Bei Gott, ja, wir wären eine schöne Beute für den Henker. Aber du kannst dich auf mein Wort verlassen, mein Junge, wir tanzen nicht am Strick. Nimm dies Versprechen von Harry Scratch und laß die Sorgen fahren.«

Ich hatte schon erlebt, daß er in einem einzigen Atemzug ein Versprechen gab und es wieder brach. Seine Schwüre waren keinen Pfennig wert.

»Lassen wir jetzt diese Galgengespräche«, sagte er grinsend und zeigte dabei seine gelben Zähne. Dann senkte er seine Stimme zu einem heiseren Flüstern. »Komm näher, Oliver Finch, dann will ich dir verraten, was die Zukunft dir zu bieten hat. Du wirst dein Glück machen, mein Junge, du wirst reicher sein, als es dir die Zigeuner wahrsagen könnten. Hör mir gut zu, du wirst Federn am Hut tragen und einen Rock aus Samt, und das Gold wird dir in den Taschen tanzen, als ob du sie voll von Nägeln hättest. Und dann die Edelsteine, Junge – Rubine und Smaragde werden sich in deiner Seekiste wie die Beeren einer Weintraube drängen.« Seine Augen glitzerten wie im Fieber vor Gier. »Reichtümer, Junge, Schätze, wie du sie dir in deinen kühnsten Träumen nicht vorgestellt hast, jeder Anteil ist noch eine ungeheure Summe. Der Teufel soll meine Seele haben, wenn ich übertreibe! Diener und Knappen werden sich vor dir verneigen und Kratzfüße machen, wenn du die Straße entlanggehst. Wahrlich, ein Mann zählt nur nach seinem Vermögen, und Herren werden nur nach Tonnen von Gold gemessen. Nein, Skipper, ich will dich nicht zum Richtplatz treiben, wir laufen auf einem ganz andern Kurs. Wir werden in goldenen Kutschen nach London fahren, die so hell wie die Sonne schimmern und um die uns jeder Lord und jeder Richter des Königreiches beneiden wird. Du kannst dich auf das verlassen, was ich dir sage.«

Ich ließ mich jedoch nicht irremachen. »Ich will Ihre Federhüte und Ihre Kisten und Kasten voll Gold nicht haben«, antwortete ich, denn ich glaubte auch kein Wort von dem, was er schwatzte. »So haben wir nicht gewettet, daß ich mich mit Halsabschneidern und Mördern verbünden soll.«

»Halsabschneider! Da schlag einer lang hin, du hast für deine Jahre ja eine scharfe Zunge! Aber du tust mir und meinen ehrlichen Seeleuten Unrecht. Wirklich, keiner von uns hat jemandem jemals den Hals aufgeschlitzt, es sei denn, der hätt' es verdient. Unser Brauner, das kann ich dir verraten, findet ein ganz besonderes Vergnügen daran. Er ist schließlich ein Fleischesser, er ist auf den Inseln der Kannibalen geboren und aufgezogen. Aber er ist nur auf Spanier scharf, du hast also nichts von ihm zu fürchten.«

»Sir«, sagte ich, »ich wäre Ihnen sehr verbunden, wenn Sie mich an Land brächten.«

»An Land, sagst du? Und wo würde es dir behagen, wenn ich fragen darf?«

»Mir würde jedes Ufer recht sein.«

»Darf's dann vielleicht die Moskitoküste sein? Das wäre ein hübsches Plätzchen für dich, wirklich. In ungefähr zehn Minuten hätten dich die Eingeborenen von Honduras so mit Pfeilen gespickt, daß du wie ein Stachelschwein aussehen würdest. Aber vielleicht würdest du lieber an den Ufern von Hispaniola* ausgesetzt werden, damit dich die Spanier in Ketten werfen können? Bitte sehr, du hast die freie Wahl, mein Junge.«

* ursprünglicher Name für die Insel San Domingo

Ich schwieg.

»Bildest du dir denn ein«, grölte er, »daß ich dich aus dem Hafen von Nantucket herausgeholt habe, weil ich etwas anderes als dein Bestes will? Willst du uns etwa jetzt verlassen, Skipper, wo ich vor dir Reichtümer ausgebreitet habe, nach denen selbst der Großmogul verlangen würde?«

»Wenn Sie mir die Wahl lassen«, sagte ich, »dann würde ich gern an Bord des nächsten Schiffes gehen dürfen, dem wir begegnen.«

»Wetter und Wanten, hat man jemals so einen undankbaren jungen Hund gesehen!«

Er wuchtete sich in einer Wolke von Rumdunst empor, und einen Augenblick lang fürchtete ich, daß er mich auf seinen Säbel aufspießen wollte. Aber dann schlug seine Laune um, und er begann zu lachen und zu kichern und sank mit dem Namen von Billy Bombay auf den Lippen in seinen Stuhl zurück. Ich schien ihn immer wieder an seinen alten Schiffskameraden zu erinnern. »Ein lustiger Spaßvogel, das war der Billy. War nicht viel größer als du und dabei schon voll ausgewachsen. Aber schnell wie ein Hai dafür und doppelt so gefährlich, mein Junge. Ach, und ich würde ihm immer noch nachtrauern, wenn ich meinen jungen Freund Oliver Finch nicht hätte. Jetzt kann der Teufel Billy Bombay holen, denn jetzt hab' ich ja dich, du wirst mir den richtigen Weg zeigen, du, der du ebenso Schlag Mitternacht geboren bist.«

Ich konnte mir immer noch nicht vorstellen, was die Stunde meiner Geburt um Mitternacht mit einem Piratenschatz zu tun haben sollte. Plötzlich fegte er eine Karte auf den Fußboden und hielt sie mit seinen weitgespreizten Stiefeln fest. Er starrte auf die Karte nieder, als ob er die Eintragungen lesen könnte, und als er aufschaute, war seine Stimme wieder zum Flüstern geworden. »Ein Schatz, hab' ich das nicht gesagt? Ja – ein Schatz, der groß genug ist, um ein Schiff bis über die Toppen damit zu füllen. Und du sollst davon deinen Anteil haben, mein Bursche.« Er beugte sich zu mir herüber, und er kam mir dabei so nahe, daß ich die Adern auf seiner

Nase erkennen konnte, die sie wie ein Gespinst von roten Fäden überzogen.

»Hör mir zu, Skipper, dies ist kein Piratengarn, so wie sie es in den Kneipen von Tortuga oder Spanish Town erzählen. Ich habe diese goldene Pracht mit meinen eigenen Augen gesehen. Mit meinen eigenen Händen habe ich darin gewühlt. Vergraben in meinem Gedächtnis könnte man sagen, aber du wirst jetzt mein Lotsenfisch sein und mich sicher wieder dorthin zurückführen.«

Er beugte sich langsam immer näher, Zentimeter für Zentimeter, bis sich unsere Nasen zu berühren schienen. »Sieben Jahre ist es her, Skipper! Sieben Jahre lang modert es in dem schwarzen Sand von Gentleman Jacks Insel! Du brauchst dir gar nicht den Hals nach meiner Karte auszurecken, mein Junge, du würdest die Insel doch nicht finden.

Aber ich weiß genau, wo sie sich versteckt, und bevor die Woche vergangen ist, werden wir den Fuß an ihr Ufer setzen.«

»Gentleman Jack?« fragte ich.

»Ja, er war der Herr dieses Schiffes, auf dem wir jetzt sind, mein Junge, und ich war damals sein Zweiter Maat. Er füllte unseren Lagerraum mit Beute, die er den Spaniern vor der Nase weggeschnappt hatte.

Ja, Gentleman Jack war ein großer Kommandeur, es gab nicht einen einzigen Mann in unserem ganzen Orden, der nicht seinen rechten Arm dafür geopfert hätte, unter seiner Flagge zu segeln. Er war auch ein gelehrter Kopf, er konnte seinen Namen mit so viel Schwung schreiben wie der Gouverneur von Jamaika. Aus dem einen Mundwinkel konnte er die alten Griechen zitieren, und aus dem anderen konnte er einen solchen Fluch ausstoßen, daß dir der Teer im Zopfe schmolz.«

»Ist er denn tot?«

»Ja, er ist seit diesen sieben Jahren tot, vor meinen Augen durch gemeinen Verrat umgekommen, mein Junge. Sechs von uns sind damals an Land gegangen, um die Beute zu vergraben, so viele hat es gebraucht, um die ganze Last zu transportieren. Er hat uns so viele Male in die Kreuz und die Quer geführt, bis wir den richtigen Fleck erreicht hatten, als ob er wie ein Derwisch mit uns tanzen wollte.

Und das auch bei Nacht, mit nicht mehr Mondlicht, als die Funzel im Kompaßhaus hergeben würde. Aber er hatte Katzenaugen, der Gentleman Jack, und er fand seinen Weg, als ob es hellichter Tag wäre. Noch während wir vorwärts stolperten, zeichnete er sich den Plan auf das weiße Leinen seines Hemdärmels. Ja, er tauchte dabei die Spitze seiner Feder in eine Frucht, die er am Ufer von Hispaniola gepflückt hatte, er schrieb mit dem schwarzen Saft, als ob es Tinte wäre.«

Er hielt einen Moment inne, um sich durch eine Kette von Flüchen zu erleichtern, und fuhr dann fort.

»Wir waren schon ein vergnügter Haufen, wir hatten genug Rum im Magen, und dann hielt er schließlich tief im Innern der Insel an – und dort haben wir das Loch gegraben. Und da hinein haben wir die Kisten gesenkt. Und dann aus heiterem Himmel ein Schuß. – Ich sah noch, wie Gentleman Jack auf der anderen Seite der Grube nach Luft schnappte. Er stürzte in das Loch, er war tot, bevor er auf die Kisten mit der Beute aufschlug. Neben mir stand der Erste Maat, und der Rauch stieg aus seinem Pistolenlauf auf wie ein Schimmer von Mondlicht. Aufgepaßt, Brüder, sagte er, jetzt bin ich Kapitän! Das war er, aber nur für die nächsten zehn Sekunden. Ich erdrosselte ihn auf der Stelle, das war meine Treue zu Gentleman Jack, mögen seine Gebeine in Frieden ruhen.«

Kapitän Scratch lehnte sich langsam zurück, so daß sich die Entfernung zwischen unseren Nasenspitzen wieder vergrößerte. »Ich schnitt ihm selbst den weißen Hemdsärmel ab, mit all den Wegmarkierungen darauf, und wir bedeckten ihn und den Schatz mit Sand. Den Ersten Maat überließen wir den Wildschweinen, und der Rest von uns kehrte zur BLUTIGEN HAND zurück. Ich wurde zum Kapitän gewählt, und wir kehrten zu der großen Schiffahrtsstraße und zu unserer ursprünglichen Aufgabe zurück.«

Kapitän Scratch versank in Schweigen, in die Tiefe seiner eigenen düsteren Gedanken. Abgesehen von meinem eigenen Schicksal hatte seine Erzählung meine Vorstellungsgabe gereizt. Ich fragte schließlich: »Haben Sie denn den Ärmel nicht mehr?«

Er erwachte wieder aus seinem finsteren Brüten und heftete seine Augen auf mich. »Willst du ihn einmal sehen?«

Er spießte einen weißen Fetzen vom Kartentisch mit der Spitze seines Säbels auf und ließ ihn vor meiner Nase hin- und herpendeln, als ob er mich damit ködern wollte. Und dann ließ er den Ärmel zu meiner Überraschung in meinen Schoß fallen.

Er war schon ganz vergilbt vor Alter, an einem Ende ausgefranst und am anderen mit einer blutbefleckten Spitzenmanschette benäht. Ich spannte den Stoff mit beiden Händen auseinander, um die Aufzeichnungen zu erkennen, und schaute dann verblüfft zur Kapitän Scratch empor. »Auf diesem Ärmel steht ja gar nichts.«

»Ja, ja!« brummte er. »Das ist die Wahrheit – kein einziges Zeichen, wie? Er hat Verrat gewittert, der gescheite Gentleman Jack, und er wollte sich noch nach seinem Tode über uns lustig machen, wenn ihm einer von uns die Beute vor der Nase wegschnappen wollte. Wir haben seinen Hemdsärmel in eine eiserne Kassette verschlossen, und dort hat er gelegen, bis die Blutige Hand wieder Kurs auf die Inseln nahm.

Als wir die Kassette öffneten, da war die Schrift verblichen. Er kannte sich mit Tinten aus, dieser Gentleman Jack, und mit seiner Mannschaft sogar noch besser. Keiner von uns Überlebenden hatte sich den genauen Weg merken können. Wir krochen wie die Wollhandkrabben in der Gegend herum und versuchten die alten Drehungen und Windungen des Weges wiederzuerkennen. Wir sind immer wieder zu der Insel zurückgekehrt, und wir haben den Platz tausendmal um- und umgegraben. Aber das Grab mit dem Schatz von Gentleman Jack haben wir nie wiedergefunden.«

Und dann sprang Kapitän Scratch plötzlich auf seine Füße und grinste, als ob er den besten Handel der Welt abgeschlossen hätte. »Aber diesmal werden wir nicht vergebens kommen, Skipper! Zweimal ist schon ein Hauch von Schwefel in der frischen Brise gewesen. Weißt du, was das bedeutet?«

»Schwefel, Sir?«

»Ja, der Geruch von Geistern, mein Junge! Schwefel genug, um deine Nüstern zu betäuben. Gentleman Jack kann nicht ruhig in seinem Grab liegen, er durchstreift die Insel, davon bin ich fest überzeugt! Das ist so sicher, wie der Geist der alten Königin im Tower von London spukt. Ein nebelhafter Knabe ist er geworden, und der Dunst der Hölle steckt in ihm. Glaub mir, jetzt, in diesem Moment durchmißt er sein mörderisches Grab, als ob es sein eigenes Schiff wäre!«

Im Grunde genommen lasse ich mich nicht von Geistern und Gespenstern schrecken, denn ich vertraue auch bei solchen düsteren Angelegenheiten mehr dem klaren Verstand. Aber Blitz und Donner! – Dieser alte Halsabschneider war von seinen Seegespenstern und Geistern wahrhaftig wie besessen. »Haben Sie den Geist denn gesehen?« erkundigte ich mich.

Er antwortete mir mit einem so finsteren Blick, als ob er an meinem Verstand zweifelte. »Ob ich ihn gesehen habe? Hat man dir das denn noch nie gesagt, Junge? Weißt du denn nicht, daß die Macht, solche schwefligen Leute zu sehen, nur auf Tölpel wie dich und Billy Bombay fällt? Ja, nur wer um Mitternacht geboren wird, ist ein Geisterseher! Deshalb und aus keinem anderen Grunde haben wir die sieben Meere nach Billy durchkämmt, deshalb haben wir dich an Bord gelockt. Du wirst mein Auge sein, mein Junge! Zusammen werden wir Gentleman Jack entdecken, und du wirst uns zeigen, wo wir unsere Spaten in die Erde stoßen müssen.«

FÜNFTES KAPITEL

welches Ereignisse enthält, die so schrecklich sind, daß man sie kaum erzählen kann

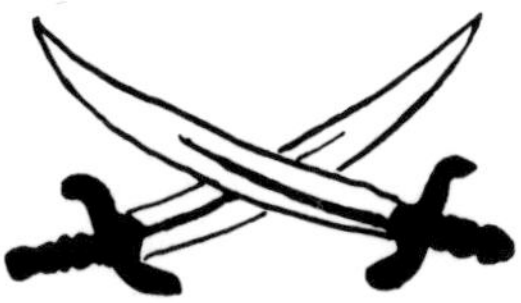

Ich war sehr erstaunt, zu erfahren, daß ich Geister sehen könnte. Als ich später in meiner Koje lag und sich Jibboom zu meinen Füßen zusammengerollt hatte, dachte ich noch einmal über diese mitternächtliche Angelegenheit nach.

Warum waren in meinen vergangenen zwölf Lebensjahren noch keine Geister an meinen Augen vorübergezogen, wenn ich die Macht besaß, sie zu erkennen? Ich erinnerte mich jetzt daran, daß Tante Käthe einmal von einem Geist belästigt worden war – sie hatte ihn einen Kobold genannt –, der ihr im tiefen Winter immer die Steppdecke von den Füßen gezogen hatte, so daß sie fror. Wenn sie den Kobold auch nicht gesehen hatte, so war sie doch damals erkältet gewesen, und das war Beweis genug.

Und dann wurde mir auch klar, daß ich bis jetzt darum noch keine Geister gesehen hatte, weil sie ja in der tiefsten Dunkelheit der Nacht herumschwirren. Man konnte sie nur in den Stunden sehen, in denen ich schlief. Und weil ich einen erfreulich gesunden Schlaf hatte, war es mir bisher unmöglich gewesen, auch nur den kleinsten Schimmer von einem Nachtgespenst zu erhaschen.

Während ich mich einerseits darüber freute, von meinen

Geisterkräften zu erfahren, war ich doch andererseits mit Zweifeln erfüllt. Ich verspürte ein starkes Verlangen, meine angeblichen Kräfte sofort auszuprobieren. Eine abenteuerliche Jagd nach einem Nachtgespenst entsprach meinen Wünschen wesentlich mehr als Seeraub und Halsabschneiden. Es rückte die Dinge in ein anderes Licht. Wenn wir erst Gentleman Jacks Insel erreicht hätten, würde ich die Gelegenheit bald genug haben, nach der ich mich sehnte.

Aber es gingen mir noch andere Gedanken durch den Kopf. Verschiedene Einzelheiten in Kapitän Scratchs Erzählungen verwirrten mich. Ich wußte von den Seelen der Ermordeten, daß sie nicht eher Ruhe in ihren Gräbern fanden, bis sie Gerechtigkeit erfahren hatten. Sie spukten in den Nachtstunden herum, weil sie Rache suchten.

Aber warum lag dann Gentleman Jack so unruhig in seinem Grabe? Er war doch auf der Stelle gerächt worden! Kapitän Scratch hatte doch selbst für Gerechtigkeit gesorgt, indem er den Ersten Maat erdrosselt und den Wildschweinen zum Fraße gelassen hatte.

Mitten in diesen Gedanken und Überlegungen schlief ich ein. Stunden später weckte mich ein starker Stoß, und dann krachte es über uns wie Donner. Im gleichen Moment machte das Schiff einen Satz, daß drei Männer aus ihren Kojen stürzten. Dann folgte ein polterndes Durcheinander von schlaftrunkenen Männern, keiner wußte, was eigentlich geschehen war. Rufe hallten die schlecht beleuchteten Gänge entlang und klangen wider, und dazwischen schrillte die Pfeife des Bootsmanns.

Die Männer, denen der Rum noch im Schädel brummte, wankten und stolperten nach oben, und ich drängte mich zwischen ihnen durch. Kapitän Scratch war schon an Deck, schrie Befehle und schickte Flüche gen Himmel.

»An die Segel! Hinauf, hinauf, ihr faulen Schweine! Teufelsmatrosen! Zeigt mir, wie ihr in den Wanten tanzen könnt!«

Ein heulender Windstoß war aus den Lüften herabgefahren und hatte uns jäh wie ein Blitzschlag getroffen. Das Hauptsegel war wie eine überreife Melone zerplatzt. Die Fetzen flatterten und tanzten im Wind. Die mürbe Leinwand war mit einem donnernden Knall zerrissen, der jeden Mann auf die Beine gebracht hatte, und jetzt hetzte Kannibal die Leute die Masten und Rahen hinauf.

»Schneidet die Leinwand ab, ihr Schlammwasserratten!« schrie der Kapitän. »Ha, die Stürme in diesen Breitengraden sind heimtückisch, das könnt ihr mir glauben! Mister Ringrose! Jack Laterne! Bringt uns frisches Tuch!«

Ich verstand mich auf die Arbeit von Matrosen, ich war genau gesagt schon halb in den Wanten, als mich Kapitän Scratch am Fuß erwischte. Seine Finger klammerten sich wie Enterhaken um mein Fleisch. »Hast du denn ganz und gar den Verstand verloren, Junge?« fragte er in einem heiseren Flüstern.

»Ich will hinauf!«

»Nichts da! Du bleibst hier unten, wo es sicher ist, sonst sperr' ich dich in den Bunker.«

Er riß mich herab und stieß mich zur Seite. Ich wußte ganz genau, was er dachte. Wenn mir irgend etwas zustieß, dann war die ganze Reise wieder umsonst. Meine Arbeit sollte erst auf der Insel beginnen.

So kletterte ich also auf eine der bronzenen Deckkanonen und schaute zu, und Jibboom tauchte aus dem Nichts heraus auf und begann sich seine Krallen am Wasserfaß zu wetzen. Das zweite Hauptsegel war aus der Segelkammer heraufgebracht worden, wurde jetzt an seinem Baum befestigt und gehißt. Das zerfetzte Segel wurde zusammengeschlagen, und die frische Leinwand blähte sich im Wind. Der Sturm war ebenso plötzlich abgezogen, wie er über uns hereingebrochen war. Der Tag hatte noch nicht begonnen.

Ich konnte die Gestalten der Männer genau erkennen, die noch oben in den Wanten standen und sich jetzt vorsichtig die Fußtaue entlang zum sicheren Schutz des Großmastes vorarbeiteten. Es sah so aus, als ob sie direkt durch die Luft liefen.

Da machte das Schiff eine jähe Bewegung, das Fußtau riß

mit einem scharfen Knall, und die Männer stürzten herab. Ihre Schreie, die ihnen wie Kometenschweife folgten, ließen mir das Blut in den Adern erstarren. Sie klatschten in die schwarze See. Einen Augenblick war ich so erschrocken, daß ich überhaupt nicht mehr atmen konnte.

Eine entsetzliche Stille folgte. Man hörte nichts außer dem satten Klatschen der Wogen und dem leichten Geräusch, mit dem das gebrochene Tau gegen das Segeltuch schlug. Ich rannte zur Reling und starrte hinab, ob ich dort unten eine winkende Hand erkennen könnte.

»Wetter und Wanten!« erklang da die Stimme von Kapitän Scratch. »Ich wette, daß keiner von ihnen auch nur einen Schlag schwimmen kann. Rudergänger!«

Während er den Befehl gab, die Fahrt zu stoppen, blickte ich noch einmal hinauf und sah eine einsame Gestalt aus dem Schatten der Takelage herabklettern. Es war Kannibal, der den Hauptmast schon erreicht gehabt hatte, als das Fußtau riß.

»Wie viele?« fragte Jack Laterne.

»Drei«, antwortete der Oberbootsmann.

Ein Boot wurde rasch bemannt und hinabgelassen. Ich hing über der Reling und bemühte mich, die Dunkelheit mit den Augen zu durchdringen.

Unten auf See versuchte sich Mister Ringrose so fest und sicher wie möglich an den Bug zu stellen und hielt eine Laterne in die Höhe, die ihr karges Licht über die Wogen warf. Ich hatte kein allzu großes Mitleid mit den drei herabgestürzten Piraten noch mit irgendeinem anderen aus der Besatzung. Aber ich war von der Todesnot der Männer berührt, die in der tiefen See ertrinken mußten.

Das Rettungsboot hatte sich bald ein gutes Stück vom Schiff entfernt, und die Laterne tanzte wie ein Irrlicht über dem Wasser. Während die BLUTIGE HAND sich im Winde wiegte, schien jedermann an Deck nur darauf zu hören, ob aus der Dunkelheit ein schwacher Schrei nach Hilfe ertönte.

Und dann stieg die Morgendämmerung am Horizont empor

und breitete sich wie ein großer Brand über das Meer. Das Ruderboot kehrte zum Schiff zurück. »Keine Spur von den Unglücklichen«, sagte Mister Ringrose.

»Aye«, erwiderte der Kapitän und nickte, »es hat ja auch so ausgesehen, als fielen sie wie Steine auf den Meeresboden.«

»Jetzt wären wohl ein paar Worte ganz angebracht, Kapitän.«

»Sie sollen kriegen, was sie verdient haben«, antwortete Kapitän Scratch, »entblößt eure Häupter, Schiffsgesellen.«

Alle liefen herbei und drängten sich um ihn, aber mit dem Totenkopf, der vom Maste flatterte, und mit dem höllenroten Bart des Kapitäns, den ihm der Wind um die Ohren warf, sah die Trauerversammlung mehr wie ein Maskenball aus.

»Herr«, begann er, »dir empfehle ich die Seelen von drei tapferen Kameraden. Reinen Herzens sind sie gewesen, aye, und ehrlich und ohne Falsch. Wir werden ihre glücklichen Gesichter vermissen, o Herr, kein böser Gedanke hat jemals ihre Seele verfinstert, und sie haben sich stets bemüht, ihr Bestes zu tun. Sie werden dir auf deinem himmlischen Schiffe gut dienen, o Herr. Aber wenn du ihnen befiehlst, den anderen Kurs zu segeln, dann bin ich sicher, daß sie nicht wenige gute alte Kameraden antreffen werden, mit denen sie sich den Platz am Feuer teilen können. Heiterkeit wird dort herrschen und kein Heulen und Zähneklappern, Amen. Steuermann, geh auf Kurs!«

Damit war die Sache erledigt.

Das dachte ich zumindest bis zum Vormittag, als der Oberbootsmann alle Mann an Deck pfiff. Selbst der Ausguck wurde aus dem Krähennest herabgerufen und mußte sich an Deck mit aufstellen. Die Hitze des Tages gloste uns schon vor den Augen, und die Planken fühlten sich unter unseren Sohlen heiß an.

Ich stand am Ende der Reihe, und Jibboom strich um meine Füße. Als der Kapitän mit einem düsteren Glühen in seinen Augen auftauchte, hatte ich das dunkle Gefühl, daß wir für heute das Schlimmste noch lange nicht hinter uns hatten.

Er marschierte einmal an uns vorbei, und Mister Ringrose schritt dicht hinter ihm her. Beide zählten unsere Nasen. Dann machten sie eine Wendung und zählten uns noch einmal und murmelten dabei die Zahlen leise vor sich hin. Dann wechselten sie einen stummen, unheilverkündenden Blick. Schließlich begann der Kapitän hin- und herzuwandern und schien tief in Gedanken versunken zu sein. »Höllisch«, murmelte er.

»Aye, höllisch«, wiederholte der Erste Maat.

Ich hatte das Gefühl, als seien die Piraten nicht im geringsten über den Verlust ihrer Kameraden betrübt. Es bedeutete für sie ja, daß der Schatz von Gentleman Jack in größere Anteile aufgeteilt werden konnte.

»Schiffskameraden!« rief Kapitän Scratch endlich und zerrte an seinem Bart. »Auf der BLUTIGEN HAND ist jetzt eine höchst betrübliche Lage eingetreten.«

»Eine sehr betrübliche Lage«, wiederholte der Erste Maat.

»Wir leben von unserem Witz und Verstand, Kameraden, von unserer Schlauheit und einer Seekiste voll Glück. Das Lächeln der Fortuna! Ohne das würdet ihr alle, wie ihr hier vor mir steht, schon längst am Galgen baumeln. Hab' ich nicht recht?«

»Aye, Glück und nichts als Glück«, murmelte der Erste Maat.

»Und ich sage euch, unser gutes Glück ist heute morgen ernstlich in Gefahr geraten, meine lieben Freunde. Durch den Verlust unserer drei Kameraden – mögen ihre Knochen in Frieden ruhen – ohne sie sind wir jetzt eine Mannschaft von« – an dieser Stelle schien er fast an seinen Worten zu ersticken, »von dreizehn Mann! Aye, die unheilvolle und höllische Zahl dreizehn!«

Einen Augenblick lang schien sich selbst die Sonne zu verdüstern.

Die Piraten wechselten schnelle Blicke. Mir selber schien diese Tatsache nicht sonderlich aufregend zu sein. Wenn ich für diese Zahl auch nicht sehr eingenommen war, so hatte ich auf der anderen Seite auch nichts gegen sie.

»Dreizehn sind wir, genau Nase für Nase nachgerechnet«, grollte der Kapitän, »das heftet ein Verhängnis an unsere Fahne, das bringt unser Glück ins Wanken. Steht ein Mann vor mir, der eine Fahrt unter so einem fürchterlichen Vorzeichen fortsetzen würde? Dann trete er einen Schritt vor.«

Kein einziger Seemann rührte sich.

»Aye, das liegt wie eine finstere Wolke über uns, Schiffskameraden. Eine ganze geschlagene Stunde lang haben ich und Mister Ringrose uns die Schädel über dieses Problem zerbrochen. Sollen wir das ganze Unternehmen im letzten Moment schnell und hastig abbrechen, frage ich euch? Sollen wir die Kisten mit Gold im Sand verrotten lassen? Nein, sagt ihr? Gut, einverstanden. Dann hört mich, Leute – in diesem Fall bleibt uns nur eine einzige Möglichkeit offen. Wir müssen unsere Anzahl auf zwölf vermindern.«

Diese Ankündigung wurde von einem bedrückten Schweigen beantwortet.

»Auf die Fahrt verzichten oder auf einen Mann verzichten, das steht zur Wahl«, erklärte der Kapitän, »höre ich jetzt ein Ja oder ein Nein?«

Ich glaubte, meinen Ohren nicht zu trauen. Schlug da Kapitän Scratch wirklich vor, einen Mann über Bord zu werfen?

»Aye«, sagte Ned Knollennase, »weg mit einem Mann, das ist meine Antwort.«

»Aye«, sagte Kannibal und zuckte die Schultern.

»Aye«, sagte Hadschi, der Matrose vom Roten Meer und zwirbelte seinen Schnurrbart dabei nach oben. »Wir werden doch bald auf der Insel sein, nicht wahr? Warum sollen wir Unglück mit an Land nehmen, wie?«

»Nein!« antwortete Jack Laterne laut und vernehmlich. »Nein, ihr verdammtes Narrenpack, ich bitte um Vergebung, Kapitän. Ich sage nein. Dreizehn ist eine genauso gute Zahl wie alle anderen, ihr schwachköpfigen Mondkälber! Ich segle auch unter der Dreizehn, oder ich will verdammt sein!«

Seine aufrechte Äußerung wurde nur mit schrillem Pfeifen beantwortet und mit dem Vorwurf der Feigheit. Ich dagegen fand, daß er gut und mutig gesprochen hatte. Jack Laterne, der jetzt ganz allein stand, behielt die Ruhe. Nun folgte ein Ja nach dem anderen, sie schrien es einer nach dem anderen die ganze Reihe entlang. Aber vor mir hielt es an. Die Sonne blendete mir wie ein Feuer in die Augen. Diese Seeräuber wollten ihren dreizehnten Kameraden ohne Zögern dem Tode überantworten. Das war finsterster Mord, aber ihnen schien es Vergnügen zu bereiten. Jeder der Piraten hatte ein so langes Sündenregister, daß es auf eine Schandtat mehr auch nicht ankam, und der Schatzanteil würde sich erhöhen.

»Nein!« sagte ich in einen Sturm von Gelächter hinein.

»Der Junge ist ohnehin zu jung, um eine Stimme zu haben«, sagte Mister Ringrose und kicherte.

»Aber nicht zu jung, Effendi, um über die Planke zu gehen«, warf Hadschi ein und musterte mich bedeutsam.

»Aye, er muß das Risiko mit uns allen teilen«, antwortete Kapitän Scratch, blinzelte mir jedoch dabei insgeheim schlau zu.

»Wir werden losen, wer über die Planke gehen muß, ganz offen und ehrlich. Jedermann hat die gleiche Chance, Ausnahmen werden nicht gemacht. Wenn der Schiffsjunge Pech hat, dann ist er dran, das wird sich dann ja zeigen. Dann ist es auch besser, wenn wir ihn los sind, Schatz oder nicht.«

Ich fühlte mich durch sein verschwörerisches Blinzeln nicht im geringsten sicher. Ich hatte nicht viel Vertrauen zu ihm. Er würde versuchen, beim Losen für mich zu mogeln, und wenn es nicht klappte, dann hatte er immer noch Billy Bombay. Wenn ich Pech hatte und die Planke zog, so würde ich den nassen Tod sterben müssen. Er mußte jetzt an seinen eigenen Kopf denken. Wenn er Pech hatte und das falsche Los zog, so würde auch ihn nichts davor retten, über die Planke zu marschieren.

Jetzt, da die Bedingungen gestellt waren und die Entscheidung gefallen war, gewannen die Seeräuber ihre gute Laune zurück. Es schien ihnen sogar Spaß zu machen, ihr Schicksal herauszufordern und um ihr Leben zu spielen.

Kapitän Scratch zog zwei lederne Geldbörsen aus seiner Schärpe und nahm eine in jede Hand. »Seht her«, sagte er, »in die eine Börse habe ich sechs Goldstücke gezählt und in die andere sieben. Ich wollte die dreizehn Münzen nicht einmal zusammen in einen Beutel stecken.«

Das schien eine sehr gescheite und geschickte Idee zu sein.

»Und eine einzige Münze, Jungens, habe ich mit einem Kreuz markiert. Wenn ihr das Kreuz erwischt, dann bedeutet das die Planke. Zwölf werden gewinnen, aye, und nur einer wird der Verlierer sein. Sucht euch jetzt den Beutel aus und holt euch eine Münze heraus. Greift nur zu, Jungens, und wenn ich es selbst sein sollte, der das Goldstück mit dem Kreuz herauszieht und über die Planke gehen muß, dann würde ich euch raten, Mister Ringrose zum Kapitän zu wählen.«

Bei diesen Worten schritt er an den versammelten Männern vorbei, und eine behaarte Hand nach der anderen tauchte in den Lederbeutel. Hadschi vollführte zuerst sonderbare Gesten, ehe er sein Glück versuchte. Ezra Fly leckte sich die Lippen und ließ die Augen lange zwischen den Beuteln hin- und herwandern, bis er genug Mut gesammelt hatte, um ein Goldstück herauszuholen. Keiner schaute nach, was er gezogen hatte. Jeder der Männer schloß die Faust fest um die Münze in seiner Hand und wartete, bis alle gezogen hatten.

Als mir die Lederbeutel näher rückten, fing mein Herz zu schlagen an, und als sie mich erreicht hatten, trommelte es wie wild.

»Nur Mut, Junge!« sagte Kapitän Scratch. »Bring es rasch hinter dich!«

Es konnten nur noch drei Münzen übrig sein, weil nur noch der Kapitän selbst, Mister Ringrose und ich losen mußten. Ich machte ein so mutiges Gesicht, wie es nur ging, und fuhr mit der rechten Hand in den Beutel. Ich griff blindlings nach der ersten Münze, die ich berührte, und behielt sie genau wie die anderen in der geschlossenen Faust.

Jetzt baute sich Kapitän Scratch mit einem verschlagenen Blinzeln in den Augen vor seinem Ersten Maat auf. »Mister Ringrose«, sagte er, »weil Sie vor dem Ablauf der nächsten Stunde vielleicht der Kapitän dieses Schiffes sein werden, will ich Ihnen jetzt schon ein Privileg des Kapitäns zu kosten geben, das Privileg nämlich, nach dem er immer der letzte ist. Nehmen Sie also die Beutel, Kapitän Ringrose, dann werde ich meine Wahl treffen. Die letzte Dublone wird die Ihre sein.«

Das war eine großzügige Geste, und Mister Ringrose strahlte über das ganze Gesicht, als er als Kapitän angesprochen wurde. Die beiden Lederbeutel wanderten in seine knochigen Hände. Nur eine Sekunde des Zögerns, dann hatte Kapitän Scratch ein Goldstück in der Faust. Die letzte Münze fiel an Mister Ringrose, und die Lederbeutel wurden auf das Deck geworfen.

»Und jetzt aufgepaßt, Schiffskameraden!« rief Kapitän Scratch. »Wir haben gut und ehrlich gelost. Wer muß nun für alle über die Planke gehen? Hände auf, meine Freunde.«

Die Finger der Männer zitterten jetzt doch und streckten sich nur zögernd und langsam. Selbst Mister Ringrose begann wie Espenlaub zu beben und zu schlottern. Mir war schon das Gefühl der Münze in meiner Hand schrecklich, und meine Faust wurde naß von Schweiß. Ich war ganz sicher, daß ich die gekreuzte Dublone gezogen hatte. Es gelang mir nicht, meine Finger zu öffnen.

Und dann ertönte rechts von mir ein Durcheinander von Stimmen und Geheul.

»Da ist das Zeichen!«

»Aye! Er hat sie gezogen!«

»Jack Laterne!«

Donner und Blitz! Jack Laterne! Ausgerechnet er war von all den Gaunern der Dreizehnte! Er, der mir jetzt als der wertvollste und redlichste Mann der ganzen Schiffsbesatzung vorkam.

»Aye, ihr Schreihälse«, sagte der Unglückliche so kühl, wie

man es sich nur vorstellen kann, »ich bin's, so sicher wie das Amen in der Kirche.«

Er tat mir so leid, daß ich ihn gar nicht anschauen konnte. Und in diesem Augenblick mußte ich mit neuem Entsetzen erkennen, daß Kapitän Scratch uns nicht im geringsten hatte gut und ehrlich losen lassen. Während sich jetzt alle um Jack Laterne drängten, sah ich, wie Kapitän Scratch eine Münze aus seiner Schärpe zog. Bis zu diesem Augenblick war seine Faust also leer gewesen.

Er hatte nur zwölf Dublonen in die Beutel gesteckt.

Ich stand atemlos da: Er hatte also nur so getan, als ob er eine Münze aus dem Beutel gezogen hätte, und hatte Mister Ringrose die letzte Münze gelassen. Kein Wunder, daß seine Augen so vergnügt gefunkelt hatten. Er hatte ja nicht wie wir anderen um seinen Hals gespielt.

Als er merkte, daß ich ihn beobachtet hatte, warf er mir jedoch einen so mörderischen Blick zu, daß ich genau wußte: Wenn ich den Mund aufmachte, würde es mich das Leben kosten.

»Holt eine Planke, Jungens!« befahl er.

»Aye, aye!«

Ein rohes Brett wurde hastig über die Reling gelegt. Jack Laterne warf einen letzten Blick zum blauen Himmel und zu den weißen Wolken empor. Ich hatte noch nie einen Mann mit größerer Ruhe und Gelassenheit dem Tod ins Antlitz schauen sehen. Er dachte gar nicht daran, diese Schurken um sein Leben zu bitten. Er würde aufrecht sterben, mit einem Lächeln auf den Lippen. Aber es schien mir die ganze Zeit, als ob seine Gedanken in rasender Geschwindigkeit arbeiteten.

Jetzt wurden ihm die Augen mit einem Halstuch verbunden. Er schleppte so viel Gewicht mit sich herum, daß ihn drei Männer auf die Planke stemmen mußten. Ich konnte jedoch nichts anderes tun als den Mund halten. Wenn es einer wirklich verdiente, über die Planke geschickt zu werden, so war das Kapitän Scratch, der seine Augen keinen Augenblick von mir ließ. Jetzt zog er noch seinen Säbel, als ob er sogar jeden Gedanken, den ich in Worte kleiden könnte, in Stücke hauen wollte.

»Seid gnädig mit ihm und erledigt es schnell!« rief er.

Jack Laterne streckte die Arme aus, um sein Gleichgewicht zu halten, und die Planke bog sich wie ein Bogen unter ihm durch. Er wandte sich langsam zu uns um. »Jungens«, sagte er, während die Morgensonne auf seinem Gesicht lag, »Leute, ich verlasse eure Gesellschaft leichten Herzens. Aye, wer mit Halsabschneidern gemeinsame Sache macht, der verdient auch, wie einer zu sterben. Wahrhaftig, man muß die Planke loben. Sie erspart mir euer Geschick, am Galgen zu enden. Aber, meine lieben Freunde, freut euch nicht zu früh über euren Gewinn an meinem Schatzanteil – noch bin ich nicht tot. Ihr habt die Goldbörse vergessen, die mir um den Hals hängt. Sie ist ganz schön schwer, und dort, wohin ich gehe, wird sie mir nicht mehr von Nutzen sein. Sie gehört dem ersten Mann, der Mut genug besitzt, sie mir vom Hals zu knüpfen.«

Die Gier der Seeräuber war groß genug, aber sie wollten sich doch nicht hereinlegen lassen. Jack Laterne war selbst mit verbundenen Augen und am Ende der Planke ein gefährlicher Bursche, und keiner seiner Kameraden schien auf sein Gold wild zu sein. Sie waren so erleichtert, nicht in seiner Haut zu stecken, daß sie ihn mit Säbeln und Musketen von der Planke zu treiben versuchten. Ich hatte genug gesehen und wandte mich ab. Und genau in diesem Moment nahm ich den kleinen Fleck am Horizont wahr. Er wurde so plötzlich sichtbar, daß ich den Mund zuerst gar nicht öffnen konnte. Dann schrie ich heraus: »Land, ho! Land, ho!«

Das ließ die Seeräuber gerade im letzten Moment noch innehalten. Als Jack Laterne meinen Schrei hörte, klammerte er sich wie eine riesige Seekrabbe am Ende der Planke fest.

»Aye, das ist wahrhaftig Land!« sagte Kapitän Scratch.

»Ist das Gentleman Jacks Insel?«

»In diesen Gewässern liegt sie noch nicht, Freunde. Das, was ihr da drüben seht, ist nicht viel mehr als ein Korallenriff, aber es reicht uns.« Dann machte er eine Geste zu Jack Laterne hin.

»Holt ihn herunter, Jungens. Es wäre ein Jammer, wenn sein Beutel Gold mit ihm auf den Meeresgrund ginge. Wir werden einen Handel mit ihm machen und ihn für sein Gold auf einer unbewohnten Insel aussetzen.«

Innerhalb der nächsten Stunde gingen wir bei der Insel vor Anker. Es war nur eine Sanddüne, die aus der See herausragte. Das Boot wurde heruntergelassen, und Jack Laterne wurde mit einem kleinen Faß Wasser an Land gerudert. Sein Leben war gerettet, aber auf der Insel erwartete ihn ein langsamer Tod. Es gab nicht einmal einen Baum, der ihm hätte Schatten spenden können.

Im letzten Moment mußte ihn doch der Mut verlassen haben, denn ich konnte beobachten, wie Mister Ringrose, Ezra Fly und Ned Knollennase ihn buchstäblich an Land tragen mußten. Da saß er dann, eine einsame Gestalt, ans Wasserfaß gelehnt, und ringsherum ein schmaler Streifen blendendweißen Sandes. Wir ließen ihn weit hinter uns und kehrten auf die Schiffahrtsstraße zurück, und er wußte, daß er langsam und qualvoll sterben mußte. Er warf uns nicht einmal mehr einen Blick zu, als wir davonsegelten.

Ich konnte den Blick nicht von ihm wenden,
bis die kleine Insel
hinter dem Horizont
versank.

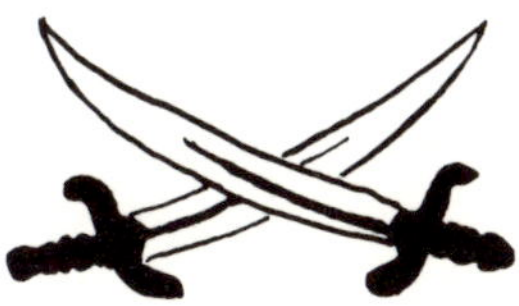

SECHSTES KAPITEL

in welchem es regnet und ohne Unterlaß weiterregnet

Ich hatte keine Ahnung, auf welchem Abschnitt der alten spanischen Schiffahrtsstraße wir uns jetzt befanden, und in den nächsten Tagen stellte sich heraus, daß sich selbst Kapitän Scratch darüber nicht ganz im klaren war.

Er machte zwar immer viel Theater, wenn er mit seinem Messingsextanten an Deck erschien. Umständlich pflegte er den Stand der Sonne zu bestimmen und dabei zu murmeln: »Aye – genau auf dem richtigen Kurs, Kameraden. Genau auf dem richtigen Kurs!« Und dann wies er meistens im gleichen Atemzug den Steuermann an, ein paar Strich vom Kurs abzuweichen. Wir segelten nach Osten und nach Westen und nach Norden und nach Süden – manchmal an einem einzigen Tag. Er hatte die Insel verloren.

Er nahm die Gewohnheit an, nachts das Deck entlangzumarschieren und dabei die Sterne zu verfluchen, die den Kompaß betrogen. Nach seinen eigenen Berechnungen hätte zu dieser Zeit eigentlich schon jeder Mann an Bord seine Hände durch Gold und Juwelen gleiten lassen können. – »Aye, bis zu den Ellenbogen, Kameraden!«

Trotzdem zeigte sich noch kein Zeichen von Land am Rand der endlosen See. An einem späten Nachmittag trieb einmal eine Kokosnuß an uns vorbei. Am nächsten Tag kündigte der

Ausguck eine Insel an, die auf den Wellen flimmerte, aber es war dann nur ein Gestrüpp von Zweigen und Baumwurzeln, das auf dem Wasser trieb. Als wir an ihm vorübersegelten, stob eine Wolke von Vögeln empor. Sie umkreisten uns kreischend, als ob sie uns auslachten.

Und dann bezog sich der Himmel. Die Sterne verschwanden hinter Wolken, Wind erhob sich aus Südwest, und mit dem Wind kam der Regen. Es regnete mit unbeschreiblicher Heftigkeit. Es regnete ohne Ende. Die Segel klatschten und wehten wie nasse Bettücher auf der Wäscheleine. Regen füllte das Rettungsboot. Regen tanzte auf den Decksplanken und floß über die Treppen und in die Gänge hinein. Wir kämpften uns durch die Wogen wie ein halbertrunkener Hund, der verzweifelt versucht, den Heimweg zu finden. Wir hatten ganz offensichtlich unseren Weg verloren.

»Das ist der richtige Kurs, meine Besten. Aye – immer geradeaus!« Kapitän Scratch glich jetzt einem Schlafwandler, der ununterbrochen mit sich selber spricht, und seine Seeräubergenossen begannen ihm dunkle, hinterhältige Blicke zuzuwerfen. Sein Kurs war so krumm wie ein alter Zaun, und wir konnten tausend Meilen vom richtigen Kurs entfernt sein.

Mister Ringrose erkannte rasch, daß sich ihm hier eine günstige Gelegenheit bot, sich nach vorne zu spielen. »Der bringt uns auf diese Weise noch zum Südpol, Kameraden«, hörte ich ihn murmeln, »ha, ich würde das Schiff selbst mit dem Kopf in einem Teerfaß besser steuern.«

Kapitän Scratch hatte einen Fehler gemacht, als er ihn mit Kapitän Ringrose angesprochen hatte, denn diese Bemerkung war ihm zu Kopf gestiegen. Er fand an diesem Titel so großen Gefallen, daß sich sogar sein schneller, schlurfender Schritt zu einem gemessenen und berechneten Schreiten verwandelte, wobei er einen Arm gedankenvoll auf den Rücken legte. Obwohl auch er nur in Lumpen herumlief, nahm er die Allüren eines Admirals an. Während sich Kapitän Scratch jetzt mehr und mehr in seine Kabine verkroch, wurde Mister Ringrose mit seinen Befehlen und Anordnungen immer kühner.

Weil die Schiffsbesatzung zu klein war, ließ er mich an den unteren Segeln helfen, wenn der Kapitän nicht in der Nähe war. Meine Haare waren gewachsen und hingen mir in Strähnen um den Kopf, und ich beschmierte sie mit Teer und drehte mir einen Zopf, damit sie mir nicht immer über die Augen fielen. Tante Käthe wäre in Ohnmacht gefallen, wenn sie mich mit meinem geteerten Zopf hätte in den Wanten tanzen sehen.

Wenn der Wind nicht stark war, wurde ich bei den Zwei-Stunden-Wachen am Steuerrad mit eingesetzt. Da konnte ich die See selbst unter meinen Händen spüren – den Druck der Wellen und die Strömung, die mir das Ruder aus den Händen zu winden versuchte. Immer noch stürzte der warme Regen vom Himmel, meine Stiefel wurden überhaupt nicht mehr richtig trocken, aber mir gefiel meine Arbeit, und ich war glücklich und zufrieden dabei. Zum Küfer würde ich wahrhaftig nicht taugen, nein, Sir. Wenn ich die Augen fest auf den Kompaß heftete, dann konnte ich auch vergessen, daß ich auf einem Seeräuberschiff stand. Ich war auf einem Walfänger, und wir jagten den weißen Wal.

Als das Essen knapp wurde, überraschte ich Kannibal dabei, wie er mich auf sonderbare Art und Weise musterte, was mir einige unangenehme Momente verschaffte. Das Essen wurde immer knapper. Mir knurrte allmählich vom ersten Morgengrauen bis in die Nacht hinein der Magen. Unsere Mahlzeiten beschränkten sich jetzt auf einen Teller Erbsensuppe zu Mittag, in dem ein halbverfaultes Kartoffelstück lag. In der Brühe schwammen Käfer und Asseln, die ich meistens vorsichtig herausfischte, aber die anderen gaben sich gar nicht erst die Mühe, diese bitteren Brocken zu entfernen.

Die Luft unter den Decks wurde von den Ausdünstungen aus dem Schiffsbauch Übelkeit erregend schlecht. Ich glaube sicher, daß uns die Ratten verlassen hätten, wenn sie vom Schiff herunter gekonnt hätten. Ned Knollennase, der ein empfindliches Geruchsorgan besaß, versuchte die Luft dadurch zu verbessern, indem er in einem Eisenkessel Schießpulver mit

Essig aufkochen ließ und dann auf rotglühendes Eisen goß. Die Dämpfe, die sich dadurch zischend entwickelten, stanken jedoch fast noch schlimmer.

Und immer klarte das Wetter noch nicht auf. Der Sturm schien sich uns an die Fersen geheftet zu haben, und Mister Ringrose deutete es als ein Zeichen des Himmels dafür, daß der Kapitän sein Glück verloren hatte. Streit lag in der Luft, und über allem schien ein Verhängnis zu liegen. Es hatte auf dieser Fahrt wahrhaftig schon genug Unheil gegeben, und ich versuchte, nicht an Jack Laterne zu denken, der auf der kleinen Insel ausgesetzt war und dessen Knochen jetzt sicher in der Sonne bleichten. Er mußte schon viele Tage tot sein.

Kurz nach Tagesanbruch war es soweit. Das Donnerwetter brach los, als Mister Ringrose den Arm vom Rücken nahm und mich den Mast hinaufschickte. Die Wache im Mastkorb wurde alle zwei Stunden gewechselt, und wir hatten kaum genug Männer für die Ablösung. Ich war nur zu froh, die Wache übernehmen zu können, und ich kletterte an den Tauen zum Krähennest hinauf. Ich stemmte meine Füße gegen den stampfenden, schwankenden Mast. In dem dichten Regen konnte ich kaum weiter als bis zum Bugspriet des Schiffes sehen, aber ich hielt meine Augen trotzdem offen.

Als Kapitän Scratch an Deck kam und mich oben im Mast entdeckte, bekam er einen Wutanfall.

»Wer hat dich da 'raufgeschickt, Junge?« schrie er.

Mister Ringrose kam hinter den Deckaufbauten hervor und antwortete an meiner Stelle. Die beiden Piraten begannen sich anzubrüllen und fuhrwerkten mit den Armen in der Luft herum. Dann rief Kapitän Scratch wieder zu mir herauf.

»Komm herunter!«

»Bleib oben!« kreischte Mister Ringrose.

Der Kapitän fuhr zu ihm herum und schrie ihn an: »Sie krummhalsiger, weichköpfiger Trottel!« Dann wieder zu mir herauf: »Jetzt ist's genug, herunter mit dir!«

»Halt an! Bleib oben!«

Auf diese neue Beleidigung hin zog Kapitän Scratch seinen

Säbel. Die Mannschaft kam von allen Ecken und Enden des Schiffes angerannt. Im Rauschen des Regens ging mir ein Teil der Unterhaltung verloren, aber aus den Gesten der Männer konnte ich mir genau ausrechnen, um was es ging. Und dann hörte ich wie einen Donner die Stimme von Kapitän Scratch emporgrollen: »Aha, Kapitän wollen Sie werden? Wenn ich mit Ihnen fertig bin, dann werden Sie nicht einmal mehr zum Schiffsjungen taugen!«

Mister Ringrose versuchte, eine möglichst eindrucksvolle Pose einzunehmen, und legte den Arm auf den Rücken. Ich vernahm die Worte: »Wählen ... Gesetz der Vogelfreien ... «

»Aye – ich werde mit meinem Säbel wählen!«

Hadschi warf Mister Ringrose einen Enterhaken zu, und die beiden Piraten machten ein paar Schritte rückwärts. Von hier oben sah es so aus, als ob sich die Zahl unserer Besatzung bald auf elf vermindern würde.

»Leg los, du nichtsnutziger, kehlnasiger Schurke!« dröhnte Kapitän Scratch.

Die beiden Männer fuhren mit tödlichem Grimm aufeinander los. In das sanfte Geräusch des Regens mischte sich das Klirren der Waffen.

Irgend etwas veranlaßte mich emporzuschauen, und da sah ich hinter den Wasserschleiern den dunkelgrünen Strich. Ich schrie es im gleichen Moment hinaus: »Land, ho!« Ich legte die Hände an den Mund und rief mit gellender Stimme: »Dicht voraus! Dicht voraus!«

Der Schrei ließ die beiden Kämpfer zu Bildsäulen erstarren.

»Das ist Gentleman Jacks Insel!« rief Kapitän Scratc triumphierend.

»Aye!« antwortete John Ringrose. »Und Sie lassen unser Schiff daran zerschellen.«

SIEBTES KAPITEL

in dem wir auf Grund laufen und in dem ich unter eine Schildkrötenschale krieche

Kannibal stand am Ruder, und er riß es so herum, daß man die einzelnen Speichen des Rades gar nicht mehr erkennen konnte. Das Schiff stöhnte in allen Wanten, der Bug fuhr herum, und die beiden Kämpfer an Deck wurden einander in die Arme geschleudert.

Das Kliff schien durch den Regen auf uns zuzurasen. Wir waren gerade noch so weit davon entfernt, daß ich meinte, nur den Arm auszustrecken und Land berühren zu können.

»Ruder nach Steuerbord!« schrie der Kapitän. »Ganz herum! Ganz herum!«

Es hatten sich schon längst drei Matrosen gegen das Steuerrad geworfen, aber es war zu spät. Wir scharrten über den Grund. Vom Boden des Schiffes drang ein tiefes schabendes Geräusch empor, die Takelage bebte, die Rahen wirbelten herum, Taue rissen und peitschten durch die Luft. Ich schlang meine Arme um den Mastbaum und klammerte mich fest.

Aber unser eigener Kurs und unsere Geschwindigkeit retteten uns. Wir fuhren knirschend an der Insel selbst vorbei und fanden uns in einer seichten Bucht gefangen, die von einem steilen schwarzen Felsufer begrenzt war. Hier schlug die Brandung längsseits gegen das Schiff und warf uns wie ein

Stück Holz in den Sand. Ich wurde fast vom Mast gerissen. Wir landeten auf den Enden unserer Rahen und lagen wie ein gestrandeter Wal trocken und hoch auf dem Ufer.

Das Schiff richtete sich mit einem Seufzen und Knacken der Planken und Bohlen ein wenig auf, und dann brach sich die Brandung zischend am Schiffsrumpf. Wenn die BLUTIGE HAND jetzt leckgeschlagen wurde, dann würde ich die nächsten hundert Jahre auf dieser gottverlassenen Insel zubringen müssen – vielleicht sogar noch länger.

Ich wurde durch die grölende Stimme von Kapitän Scratch unten auf dem schrägen Deck aus meinen trüben Gedanken gerissen. Trotz des niederprasselnden Regens befand er sich plötzlich in der besten Laune. Er lachte wahrhaftig aus vollem Halse. Er stemmte den einen Fuß gegen den Achtersteven und schwang seinen Säbel vor der Mannschaft hin und her.

»Hab' ich's euch nicht gesagt!« schrie er. »Wir waren auf dem richtigen Kurs! Aye, genau auf dem richtigen Kurs! Und ihr habt an Harry Scratch gezweifelt, ihr schlitzäugigen, rebellischen Narren!

Ihr habt John Ringrose euer Ohr leihen wollen, stimmt das nicht? Ihm, der sich nicht einmal bei strahlendem Sonnenschein in einer Regenpfütze auskennen würde. Wollt ihr einen neuen Kapitän haben, wollt ihr das wirklich? Aye – ich trete gern von meinem Posten zurück, ihr aufgeblähten Runkelrüben. Ich denke nicht daran, euch zu helfen, damit ihr euch das Gold in eure Taschen scheffeln könnt!

Geht nur auf euren eigenen Kurs, ihr verfaulten Kohlköpfe, dann werden Oliver Finch und ich unseren eigenen einschlagen. Aye! Ich schenke euch John Ringrose mit meinen besten Komplimenten, Kameraden – und ich verspreche euch, daß er euch direkt zum Galgen navigieren wird!«

Aus der Mannschaft klang hastiger Protest auf, es hörte sich an, als ob Seehunde bellten. »Nein! Nein!« schrien sie einer nach dem anderen. »Sie sind der Kapitän, Kapitän!«

»Aye – jeder Kerl, der damit nicht einverstanden ist, der wird's mit mir zu tun bekommen, Effendi«, schnarrte Hadschi, der sich erst vor ein paar Minuten ganz klar auf John Ringroses Seite geschlagen hatte.

Ringrose hatte sich unterdessen zur Heckreling verkrochen und versuchte, sich unsichtbar zu machen. Er schlotterte so, daß ich meinte, seine Knochen klappern zu hören. Hadschi erwischte ihn bei einem Bein und zerrte ihn von der Reling weg, und die anderen fielen auch über ihn her und heulten dabei wie die Wilden. Sie waren sofort einmütig entschlossen, ihn für ihre eigenen rebellischen Gedanken zu bestrafen, und ich glaube, sie hätten ihn am liebsten in Stücke gerissen.

»Haltet ein!« rief Kapitän Scratch. »Wenn ich das Kommando führe, dann setze ich auch die Strafe fest – den Zeitpunkt und den Ort. Laßt ihn los, Jungens!«

Die Piraten fügten sich sofort. Da sie Ringrose an den Füßen gepackt hatten, ließen sie ihn einfach auf seinen Kopf fallen. Das schien ihm aber keinen großen Schaden zuzufügen. Er kroch hastig in Sicherheit und brachte es sogar fertig, Kapitän Scratch einen kriecherischen Dank abzustatten. »Vielen Dank, Kapitän«, krächzte er, »Ihr alter Schiffsgeselle John Ringrose hat wahrhaftig nichts Böses gegen Sie im Sinn gehabt. Ich will tot umfallen, wenn das nicht stimmt. Vergangenes soll man ruhen lassen, sag' ich immer. Selbst ein Seemann wie Drake hätte bei diesem Wetter auf Grund laufen können.«

»Auf Grund laufen, sagen Sie?« lachte Kapitän Scratch. »Auf Grund laufen! Sie meinen wohl: auf die Seite gelegt – aye, so sacht und säuberlich umgelegt, wie man das nur tun kann. Kielholt und reinigt das Schiff, so lautet jetzt der Befehl. Auf dem Schiffsrumpf wuchert uns das Seegras schon wie ein Bart, und die Muscheln könnten wir in Tonnen wiegen! Meinen Sie etwa, daß ich noch einmal mit einem Schiff auf Fahrt gehen würde, das so langsam ist, daß es keinen Schifferkahn mehr überholen könnte? Es ist wirklich kein Wunder, daß wir Gentleman Jacks Insel jetzt erst erreicht haben, wo wir soviel Unrat unterm Bug haben mitschleppen müssen. Und Sie nennen sich einen Seemann? Auf Grund laufen nennen Sie das?

Kieloben, sage ich noch mal! Kannibal, hol die Kratzeisen heraus.«

Die Mannschaft, die im strömenden Regen stand, nahm seinen Befehl ohne allzuviel Begeisterung auf.

»Soll das heißen, daß wir den Rumpf jetzt säubern müssen?« fragte einer der Piraten. »Bei diesem Schweinewetter, Käpt'n?«

»Nun, *ich* habe überhaupt nicht vor, den Rumpf abzukratzen. *Ich* beabsichtige an Land zu gehen. Schiffsjunge!«

»Aye«, rief ich und rutschte den schrägen Mast auf meinem Hosenboden hinunter. Ich wollte selber nur zu gern an Land gehen, je eher, desto besser.

»Gib acht, mein Junge. Ich ernenne dich hiermit zu meinem persönlichen Berater. Wie schmeckt dir das? Und jetzt rufe ich John Ringrose. Schiffsjunge!«

»Aye«, winselte Ringrose mit schwacher Stimme, und ich konnte es kaum mit ansehen, wie er sich erniedrigte.

»Da knack mir einer die Knochen – so kommen die Mächtigen zu Fall! Los, über Bord und mit der Arbeit angefangen! Das soll jetzt dein Los sein! Kratz die Muscheln ab, du Schlammratte. Schab das Seegras ab. Du sollst dich abrackern, bis dir das Fleisch von den Händen platzt und bis dein Rücken krumm geworden ist. Und wenn du die eine Seite blank wie einen Mahagonitisch geschabt hast, nun, dann legen wir das Schiff auf die andere Seite, und dann kannst du die abschaben. Fang an, du schlotternder Knochensack – fang an!«

Nachdem die Flut wieder abgelaufen war, lag die BLUTIGE HAND fast völlig jenseits der Wasserlinie. Kapitän Scratch ließ drei Kanonen an Land bringen, und ihre Rohre schauten seewärts, damit wir gerüstet waren, falls uns irgend jemand in unserer Bucht angreifen sollte. Dann ließ er Segelleinwand als vorläufigen Regen- und Windschutz aufspannen und befahl, eine Hängematte zwischen zwei Palmen zu befestigen. Sie wuchsen überall und sahen wie Staubwedel aus, die man mit dem Stiel in den Boden gepflanzt hatte. Ich hatte solche Bäume noch niemals gesehen, obgleich sie mir mein Vater schon einmal beschrieben hatte, und ich glaube, daß ich sie zuerst wie ein Wunder angestarrt habe.

»Mach den Mund zu, Junge!« fuhr mich Kapitän Scratch an. »Sonst fliegen dir die Stechmücken hinein.« Dann wrang er sich den Bart aus, kletterte in die Hängematte und faltete die Hände über dem Bauch.

Er schien zu beabsichtigen, das schlechte Wetter im Schlaf hinter sich zu bringen. »Vor Anbruch der Nacht taucht kein Gespenst auf, mein Junge, und dann vielleicht auch noch nicht. Gentleman Jack ist niemals gern im strömenden Regen herumgestapft.«

Kurz darauf war er eingeschlafen, und man hörte nur noch John Ringrose, der auf dem Schiffsrumpf herumschlug und schabte. Ihm schien diese schwere Arbeit nichts auszumachen, er schien vielmehr sehr zufrieden zu sein, daß er noch so gut davongekommen war. Die Piraten machten sich unterdessen im Dschungel auf die Jagd nach frischer Nahrung. Da marschierte ich selber los, klitschnaß wie ich war, aber plötzlich von Kapitän Scratch, von Hadschi, von Kannibal und allen anderen befreit. Ich hätte jetzt fliehen können. Aber wohin hätte ich fliehen sollen?

Ich stolperte und fiel in einen großen ausgehöhlten Felsen, der sich als die leere Schale einer riesigen Seeschildkröte entpuppte. Ich rollte mich darunter zusammen und fühlte mich plötzlich gemütlich und trocken. Einen Augenblick später vernahm ich ein kratzendes Geräusch und stemmte den Rand der Schale etwas hoch, um Jibboom hereinzulassen. Er rollte sich wie ein nasser Fellfetzen neben mir ein, und wir hörten beide zu, wie die Regentropfen auf das Schildpatt trommelten. Ich konnte nirgendwohin fliehen, und ich überlegte, ob ich jemals meinen Vater und Tante Käthe und Nantucket wiedersehen würde.

Erst als ich wieder aufwachte, merkte ich, daß ich eingeschlafen war. Der Regen hatte aufgehört. Ich lauschte, denn ich hörte unterdrückte Stimmen in der Nähe. Ich hob die Schale etwas hoch und spähte hinaus. Keine dreißig Fuß von mir entfernt saßen Hadschi und Kannibal und noch ein paar andere Seeräuber um ein offenes Feuer, über dem sie ein Wildschwein am Spieß brieten. Das Fett tropfte vom Fleisch und zischte in den Flammen. Ich war halbverhungert, und der köstliche, saftige Geruch bereitete meinem Magen Qualen. Aber ich blieb in meinem Versteck. Die Piraten unterhielten sich leise miteinander und lachten, und ein Fäßchen mit Rum wanderte im Kreise.

»Ich kann wirklich nicht einsehen, daß er auch einen vollen Anteil erhalten soll«, hörte ich einen der Seeleute grollen.

»Aye«, stimmten ein paar andere zu.

Ich konnte nicht feststellen, von wem sie sprachen, doch da entblößte Hadschi seine scharfen Zähne mit einem häßlichen Grinsen, und nach seinen nächsten Worten war mir alles nur zu klar. »Macht euch wegen dem jungen Hund keine Sorgen«, sagte er, wobei sein lederhartes Antlitz glänzte, »glaubst du denn, der Kapitän ist ein Narr, Effendi? Wenn wir erst einmal Hand an das Gold gelegt haben – und dann sei Allah Dank –, wozu brauchen wir den Jungen noch?«

Er zwirbelte seinen Schnurrbart und lachte. »Beim Barte des Propheten, ich kenne doch den schlauen Teufel, den wir Käpt'n nennen. Aye, wenn wir wieder Segel setzen, dann wird er den jungen Hund hier zurücklassen.«

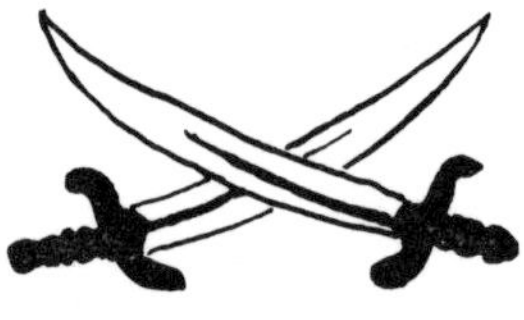

ACHTES KAPITEL

in dem ich überrascht werde und was danach geschieht

Die Haare sträubten sich mir, und mein Herz pochte so, daß ich glaubte, sie würden es hören. Ich ließ die Schildkrötenschale vorsichtig wieder sinken. Ich sollte auf dieser gottverlassenen Insel zurückgelassen werden! Dann würde ich genauso wie Jack Laterne zugrunde gehen müssen.

Das war ja eine schöne Begrüßung hier auf der Insel! Ich fühlte, wie der Zorn in mir hochkam. Konnte es einen gewissenloseren Bösewicht als Kapitän Scratch geben? Ich würde ihn mit dem größten Vergnügen in Ketten geschlagen sehen!

Er wollte mich also betrügen, was?

Das würde ihm nicht gelingen. Ich brauchte nur meine fünf Sinne und meinen Verstand beieinanderzuhalten. Noch war das Gespenst nicht entdeckt! Und noch war auch jener Schatz nicht ausgegraben! Ich war nur einer, und ich hatte alle gegen mich. Das heißt, wenn ich Jibboom mitzählte, dann waren wir zwei. Wir konnten immer noch weglaufen und uns verstecken. Sollten Kapitän Scratch und sein verdammter Haufen von Halsabschneidern doch versuchen, diese verfaulten Schatzkisten zu suchen! Wir würden ja sehen, ob sie es ohne mich schafften. Dann würden sie schon ankommen und mich anflehen, daß ich ihnen die Stelle zeige, aber selbst dann würde ich es nicht tun. Nein, Sir! Ich würde es nur tun, wenn ich sicher sein konnte, daß ich diese Insel verlassen würde.

Zum Donner, ich war ihnen gegenüber schließlich im Vorteil, und es sollte mir doch gelingen, daraus das Beste zu machen. Ich spähte wieder zu den Piraten hinaus, die um das Feuer am Ufer saßen und darauf warteten, daß ihr Wildschwein gar wurde. Wieder zogen die verlockenden Düfte zu mir herüber, und sie weckten so drängende Hungergefühle in mir, daß ich es fast wieder aufgab, davonrennen zu wollen. Aber schließlich ging ich doch daran, mich samt Schale, Kater und allem Drum und Dran von ihnen fortzubewegen. Ich glaube, daß ich in zehn Minuten noch nicht einmal zehn Fuß vorwärts gekommen bin. Ich bewegte mich wie eine Schlange von der Stelle, nur nicht so schnell.

Mein leerer Magen knurrte so laut, daß ich schon dachte, er würde mich verraten.

Mir schien mindestens eine Stunde verstrichen zu sein, ehe ich mich tief genug in die Büschel aus Dünengras hineingearbeitet hatte. Und dann wurde mir die Schale so schnell vom Rücken gerissen, daß ich einen Augenblick lang vor Schreck wie erstarrt stand. Ich dachte, daß es Hadschi oder Kannibal oder einer von den anderen sei, aber das stimmte nicht. Als ich aufschaute, erblickte ich einen Toten über mich gebeugt.

Es war Jack Laterne!

Ehe ich den Mund zum Schrei aufreißen konnte, legte er seine plumpe Hand darüber. »Keinen Laut, Kleiner!« flüsterte er. Er trug einen schmutzigen Schal um den Kopf und ein Messer im Gürtel.

Sein rundes grinsendes Gesicht war bleich wie der Tod. Es war ganz bestimmt sein Geist!

Meine Stirn war schweißgebadet. Jack Laterne war elend zugrunde gegangen. Ich hatte ihn doch gesehen, wie er mitten in der endlosen See auf einem schmalen Streifen Sand dem Hungertode und dem Tode des Verdurstens ausgesetzt worden war. Er konnte gar nicht in Fleisch und Blut hier vor mir stehen. Ich konnte sogar bei hellem Tageslicht Gespenster sehen! Hatte Kapitän Scratch nicht selbst davon gesprochen, daß ich die dunkle Macht besaß?

»Immer mit der Ruhe, Schiffskamerad«, kicherte er leise und beugte sein Gesicht noch dichter über mich. Alle meine Haare müssen sich gesträubt haben. Ich überlegte mir, ob Jibboom ihn anfauchen würde, aber diese verrückte Katze konnte ihn ja gar nicht sehen.

»Ruhig, nur ruhig. Du hast keine verlorene Seele vor dir. Ich bin lebendig – das kannst du mir gut und gerne glauben.«

Ich konnte seinen Atem auf meinem Gesicht spüren. Ich starrte in seine blaßblauen Augen, und er zwinkerte mir vertraulich zu. Und dann regte sich plötzlich wieder mein gesunder Menschenverstand. Natürlich war er kein Taggespenst. Mir war nur im ersten Schreck über seinen Anblick die Phantasie durchgegangen. Jack Laterne war Fleisch und Blut. Er fühlte sich warm und lebendig an, und Jibboom rieb sich den Rücken zufrieden an seinem Bein.

Als er sah, daß ich meinen Schreck überwunden hatte, nahm er die Hand von meinem Mund. Die Frage, die mich beschäftigt hatte, brach sich jetzt Bahn: »Aber wie ...«

Er legte seinen dicken Finger an die Lippen, um mir zu bedeuten, daß ich schweigen solle. »Später. Laß uns einen sicheren Ankerplatz suchen, ehe sie Wind von uns bekommen, Kleiner. Komm mit!«

Er schaute sich nach allen Seiten um, um sich zu vergewissern, daß die Luft rein sei, und führte mich geduckt in ein besseres Versteck.

Die Sonne, die jetzt durch die Wolken brach, ließ den Dschungel dampfen. Das grüne Dämmer von Blättern und Pflanzen hatte uns bald verschluckt, alles wucherte durcheinander, dichte Gruppen von Bananensträuchern, Kokospalmen und Zitronenbäumen mit ihren glatten Blättern. Vögel zwitscherten, und dann und wann ertönte das Kreischen eines wilden Papageien hoch in den Bäumen.

Jack Laterne schien hier auf der Insel alle Wege zu kennen und marschierte mir ohne Zögern voraus. Ich konnte kaum mit ihm Schritt halten. Er lief und sprang so schnell und so leicht wie ein großer Ball, der vor mir her hopste. Wir kletterten über gestürzte Baumriesen und sprangen über kleine Regenwasserbäche, die dem Meer entgegenplätscherten. Dann mußten wir klettern. Wir scheuchten eine Schar großer Tauben auf. Sie stoben aus dem Dunst empor, der auf dem Boden lag, und flogen mit knatterndem Flügelschlag durch die tanzenden und zitternden Balken von Sonnenlicht davon.

Schließlich hatten wie eine steile Seeklippe erklommen, und hier hielt Jack Laterne an. Er atmete schwer, aber er lächelte zufrieden. Mit einem Griff schob er die niedrig hängenden Blätter einer Bananenstaude beiseite, und da konnten wir zu dem Schiff hinuntersehen, das auf der Seite im Sand lag, und auf John Ringrose, der auf dem Rumpf herumpochte. Ein Stück davon entfernt stieg Rauch empor, dort wartete die Seeräubermannschaft darauf, daß das Wildschwein genug gebraten war. In dieser Entfernung waren ihr Gelächter und ihr Geschrei nicht mehr zu hören.

Jack Laterne zog sein Messer heraus und hieb einen Stengel mit einem Büschel roter Bananen ab. Mein Magen knurrte laut, aber ich wußte nicht, wie man Bananen ißt. Ich hatte noch niemals eine zu Gesicht bekommen, sondern kannte sie nur vom Hörensagen.

»Zuerst wollen wir einmal futtern. Geredet wird später«, befahl Jack Laterne und lehnte sich gegen den nächsten Baumstamm. Er riß eine Banane aus dem Büschel heraus, und ich tat es ihm nach. Die Frucht fühlte sich schwer und wie Gummi an und kam mir nicht sonderlich appetitanregend vor. Und obwohl ich lieber etwas anderes gegessen hätte, biß ich ein gehöriges Stück davon ab. Jack Laterne schaute mich verblüfft an und brach dann in ein lautloses Gelächter aus. »Die muß man doch abpellen, Kleiner!«

Ich spuckte das aus, was ich schon im Mund hatte, und beobachtete ihn, wie er die Bananenschale sorgfältig abzog, um den süßen weichen Kern zu befreien. Mehr Nachhilfestunden im Bananenessen brauchte ich nicht. Das Bananenfleisch schmeckte süß, und es machte satt, und es war genug davon da. Ich machte mich daran, das Büschel zu verkleinern.

»Du weißt also schon das Schlimmste, nicht wahr, Schiffskamerad?« sagte er schließlich. »Der Kapitän will dich auch auf der Insel zurücklassen.«

»Hast du sie reden gehört?« erkundigte ich mich. Dabei war ich wieder ganz von dem Wunder überwältigt, daß er mir hier warm und lebendig gegenüberstand.

»Aye.«

»Aber wie . . . «

Er hieb sich noch eine Banane ab. »Ja, nun, als du so angeschildkrötet kamst, da saß ich selbst im tiefen Gras verborgen. Du hättest mich fast über den Haufen gerannt. Wenn ich dich nicht falsch verstanden habe, dann hast du doch im Sinn gehabt, dich von deinen Schiffsgesellen abzusetzen, stimmt's?«

Ich nickte mit vollem Mund und schluckte dann. »Ja, Sir.«

Der Regen dampfte um uns herum durch die Bäume empor, als ob wir in einem kochenden Vorraum der Hölle Platz genommen hätten. »Das hätte nichts genützt«, kicherte er, »nicht ein kleines bißchen.

Selbst ein einbeiniger Mann braucht nur einen halben Tag, um einmal um diese Insel herumzugehen. Hier würdest du kein gutes Versteck für dich finden.«

»Ich würde schon was entdecken«, sagte ich dickköpfig.

Er beugte sich vor und grinste. »Sind wir Freunde? Aye, auf jeden Fall so lange, bis einer von uns das Gegenteil beweist, was? Dann hör also einmal deinem Freund Jack Laterne gut zu, denn der kennt jeden Piratentrick auf den sieben Meeren. Ich, der so viele Leben wie diese Katze da hinter sich gebracht hat und der jedes davon genossen hat – ich, der es in der Kunst des Überlebens wahrhaft weit gebracht hat – ich, der sich von der Wiege aus direkt auf den Weg des Abenteuers begeben hat: Ich werde dein Lehrer sein, mein Kleiner.

Ich werde dich alles lehren, was ich weiß, und meine erste

Lektion lautet so: Wer zuletzt lacht, lacht am besten. Und das ist die nächste Lektion: Nur nichts überstürzen! Man rennt nicht davon, nur weil man Angst hat.«

»Ich gehe aber nicht zurück.«

»Es ist mir sehr unangenehm, daß ich dich enttäuschen muß, Schiffskamerad, aber du mußt wieder umkehren, und wenn ich dich in eigener Person zurückschleppen müßte.«

»Nein, Sir!« stieß ich zwischen zusammengebissenen Zähnen hervor.

»Aye.«

Er schob ein Stück Banane wie einen Priem von der einen Backe in die andere. »Weißt du, was dein guter Freund, Kapitän Scratch, tun wird, wenn du vermißt wirst?«

Ich fuhr mir mit dem Handrücken über den Mund. »Laß ihn doch den Schatz ohne mich herbeipfeifen.«

»Aye, darum dreht sich's ja gerade. Ich werd' dir sagen, was er tun wird. Er wird Kannibal auf deine Spur setzen, und der hat eine Nase für Menschenfleisch wie ein Bluthund. Er wird dich aufstöbern, mein Kleiner, und wenn der Alte nicht hinsieht, dann wird er vielleicht schnell einmal die Zähne in deine Wade schlagen.«

Es fiel mir nicht schwer, mir auszumalen, wie sich der Wilde von den Fidschi-Inseln auf meiner Fährte durch das Unterholz vorarbeiten und mich am liebsten wie das Wildschwein auf dem Bratspieß sehen würde. Ich wußte, daß ich die Zukunft in schwärzeren Farben ausmalte, als es nötig war, aber trotzdem lief es mir kalt den Rücken herunter. Ich konnte nicht davonlaufen. Ich hatte jedoch auch genausowenig Lust auf Kapitän Scratchs Gesellschaft, und damit saß ich zwischen Stamm und Borke.

»Na, na, wer macht denn da ein so langes Gesicht!« sagte Jack Laterne und kicherte. »Wir werden das schon zum Guten wenden, wahr und wahrhaftig, mein Kleiner. Und was den Kapitän anbelangt, da glaube ich, daß wir schon untereinander einig werden.«

Ich schwieg eine ganze Weile, und als ich schließlich meine

Augen wieder hob, fragte ich ihn: »Jack Laterne, wie bist du auf diese Insel gekommen?«

»Beim Himmel, das ist eine lustige Frage«, sagte er lächelnd, »und wenn ich's dir erkläre, dann hast du auch eine lustige Antwort.«

»Ich weiß nur noch, wie du allein auf dem Sand gesessen hast. Dann erwischten wir eine Brise und ließen dich zurück.«

»Aye.«

»Du hast so niedergeschlagen ausgesehen.«

»Aye.«

»Du hast dein Gesicht von uns abgewandt gehabt. Du hast dich nicht einmal mehr umgeschaut.«

»Das hab' ich wirklich nicht getan. Und um ehrlich zu sein: Ich hätte es auch gar nicht tun können.«

»Du hättest es nicht tun können?«

»Das ist die Wahrheit, mein Kleiner. Denn ich bin es gar nicht gewesen, den ihr dort wie einen Ausgestoßenen habt sitzenlassen.«

Ich starrte ihn fassungslos an. Ich sah sein rundes grinsendes Gesicht hinter dem schwebenden Wasserdunst, und ich überlegte mir, ob mir vielleicht auch der Verstand benebelt war. »Das bist nicht du gewesen?« murmelte ich und verstand überhaupt nichts mehr.

»Ich wollte damit sagen – ich war's, und ich war es doch nicht.«

»Warst es und warst es doch nicht?«

»Aye. Ich verspürte keine gesteigerte Lust, auf dieser kleinen Insel zu sitzen und nur Daumen zu drehen, Oliver. Ich zerbrach mir deshalb den Kopf, wie ich meinen Hals retten könnte, denn wenn er auch von keiner großen Wichtigkeit ist, so ist er doch für mich gerade wichtig genug. Nun hör genau zu, denn ich will, daß du etwas von mir lernst, mein Junge. Wenn wir uns bei unseren Schiffskameraden auf etwas verlassen können, so ist es dies: Jeder an Bord würde selbst seine eigene Mutter verkaufen, wenn er dafür ihr halbes Gewicht in Gold bekäme.«

Ich nickte. Das konnte ich ihm glauben.

»Aye, ihre Gier ist ihnen wie ein Ring durch die Nase geschlagen, und du kannst sie daran nach Belieben führen, wohin du sie haben willst. Und das bringt uns nun zum nächsten Punkt. Ich gebe das nur höchst ungern zu, aber ich leide an einer schrecklichen Schwäche, Oliver: Ich neige zur Redlichkeit. Aye. Das hat mich bei der Verfolgung meiner unredlichen Geschäfte immer in die größten Schwierigkeiten gebracht. Denn wenn ich vor die Wahl gestellt werde, dann neige ich dazu, redlich zu handeln, genauso wie mein Vater vor mir, der ein Flickschuster gewesen ist. Wenn ich ein Versprechen gebe, dann wissen meine Schiffskameraden, daß ich es auch halte – um es kurz zu machen, mein Sohn, sie vertrauen mir, und damit verfügt man über eine gewisse Macht.«

Jibboom stieg lautlos über seine Füße und sprang auf den Ast eines Baumes.

»Habe ich gesagt, daß ich auf der Insel ausgesetzt war und auch wieder nicht ausgesetzt?« fuhr Jack Laterne fort. »Aye, du wirst dich vielleicht daran erinnern, daß John Ringrose zusammen mit Ezra Fly und Ned Knollennase in dem Boot saß, in dem ich zur Insel gebracht wurde. Alle drei haben nicht für zwei Pfennig Verstand, aber wenn's um Blut und Schätze geht, dann sind sie weise und groß. Ich sagte ihnen, was ich dir jetzt auch erzähle, daß sie nämlich niemals einen Anteil von dem verscharrten Plunder von Gentleman Jack ergattern würden – niemals. Wenn Kapitän Scratch erst einmal seine beutegierigen Klauen hineingeschlagen hat, dann ist es aus. Ich habe mit diesem hinterlistigen Schlitzohr zu viele Fahrten hinter mich gebracht, als daß ich die Schliche und Windungen seines Spitzbubengehirns nicht kennen würde.«

Er hielt inne, beugte sich vor und tippte mir mit dem Finger gegen den Arm. »Du weißt doch, warum er so eine Todesangst hat, daß die Geister der Ertrunkenen in der finsteren Nacht zu ihm zurückkehren, daß sie mit nassen Füßen auf ihn zutappen, nicht wahr? Es sind seine eigenen toten Kameraden, vor denen er zittert. Ja, jene, die dabeigewesen sind, als Gentleman Jack ermordet worden ist und als die Beute vor sieben Jahren hier auf dieser Insel vergraben worden ist.

Eine einzige Stunde, nachdem wir wieder in See gestochen waren, ließ er die Planke über die Reling legen und schickte sie alle hinüber, einen nach dem anderen. Er wollte sie los sein – aye, wegen der Geschichten, die sie hätten erzählen können und weil man Toten keine Anteile mehr zahlen muß. So bringt er seine Dinge in Ordnung. Und das läßt ihn auch unruhig schlafen – er hat Angst, jawohl, er hat Angst, daß seine betrogenen und ertrunkenen Kameraden wieder dem Schaum der Wellen entsteigen und ihn wie die Wiesel im Schlaf überwältigen werden!«

»Sind das die gleichen Männer gewesen, die ihm den Schatz haben vergraben helfen?«

»Aye, genau die. Und wenn der Schatz erst mal an Bord sein wird, dann legt er wieder die Planke aus. Eher segelt er das Schiff ganz allein, als daß er sich auch nur von einem einzigen goldenen Knopf trennen würde. Deshalb schaute ich in dem Rettungsboot John Ringrose ins Auge und sagte: ›John, ehe eure Fahrt zu Ende ist, wirst du selbst ein Seegespenst sein. Und dir wird das gleiche zustoßen, Ezra Fly, und dir auch, Ned Knollennase. Das verspreche ich euch.

Er wird mit keinem von euch teilen. Schon lange, eh' das Schiff London erreicht haben wird, ist er auch seinen letzten Mann losgeworden. Aber ich habe einen Plan, wie ihr euren Hals und zugleich auch euren Anteil am Gold retten könnt.‹ Und John Ringrose erwiderte meinen Blick, während die anderen ruderten, und dann fragte er mich das gleiche, was du mich jetzt fragen wirst, Oliver.«

»Einen Plan?« murmelte ich.

»Aye. Das waren die gleichen Worte. ›Ein Plan, laßt mich laufen, Jungens‹, bat ich sie. ›Ich weiß, wie man das Wiesel im Schlaf erwischt. Ihr habt mein Wort darauf.‹ Und während ich sprach, kroch ich auf dem Boden des Bootes zwischen den Tauen und der Segelleinwand in mich zusammen und zog mir meine Kleider aus. Ich stopfte meine Hosen und mein Hemd mit Leinwand aus, und ich wickelte mein Kopftuch um ein Knäuel aus Tauen – und das haben sie an Land geschleppt und in den Sand gesetzt. Nicht mich, nur meine Kleider.

Und das hast du von der Reling aus gesehen, mein Junge. Als sie zum Schiff zurückruderten, blieb ich unter der Leinwand versteckt und als sie das Boot wieder an Bord hievten, holten sie auch mich darin an Bord. In der Nacht schlich ich zu den Ballaststeinen hinunter, und da unten hab' ich in den zwei Wochen gehaust, in der Finsternis bin ich blaß geworden, und deshalb hast du mich für ein Gespenst gehalten. Und als wir dann strandeten, hab' ich auf eine günstige Gelegenheit gewartet und bin an Land gehuscht. – Das ist die Erklärung dafür, daß ich's war und doch nicht war.«

Wir schwiegen beide. Meine Gedanken wanderten noch einmal zu jener verlassenen Gestalt zurück, die im Sande gesessen hatte – ein mit Segelleinwand ausgestopfter Seeräuber mit einem Kopf aus Tauwerk.

Beim Donner, Jack Laterne war ein Mann, auf den man sich verlassen konnte, so schlau und mutig wie Kapitän Scratch selbst.

Schließlich fragte ich: »Wie lautet dein Plan, Jack Laterne?«

»Ach, er ist so einfach, Kleiner«, sagte er grinsend, »ich scheuche einfach den Schurken aus Kapitän Scratch heraus und mache ihn zu einem redlichen Mann.«

NEUNTES KAPITEL

in welchem die Zeit vergeht, und zwar meistens in der Nacht

Meine Augenbrauen müssen mindestens ein paar Zentimeter in die Höhe geschossen sein. Den Schurken aus Kapitän Scratch heraustreiben!

Das würde ein unvergleichliches Erlebnis sein, aber ich konnte mir nicht vorstellen, wie Jack Laterne das machen wollte. Und er mochte es auch nicht verraten. Er kicherte nur und zwinkerte mir zu.

»Zuallererst müssen wir unsere Geistesgaben an dem Schatz erproben, mein lieber gescheiter Kleiner«, sagte er, »aye, wir müssen ihn dem Kapitän vor der Nase wegschnappen. Stehst du auf meiner Seite? Willst du das tun, wozu ich dir rate?«

»Das will ich«, antwortete ich, denn ich war begierig, ihm bei seinen Plänen helfen zu können, und froh, in Jack Laterne einen Freund gefunden zu haben.

»Dann marsch zurück mit dir! Wenn die Dunkelheit einbricht, wird dich der Kapitän auf den Weg schicken, damit du den Gentleman Jack siehst. Du sollst deine Augen offenhalten, aber wenn du wirklich auf ihn stößt, mein Junge, dann hüte deine Zunge. Wirst du das tun können?«

Ich antwortete nicht gleich. Ich war mir nicht sicher, ob

sich mir beim Anblick eines bleichen ärmellosen Geistes nicht alle Haare sträuben und meine Zähne klappern würden.

»Hast du mich verstanden?«

»Ja, Sir.«

»Aye, kein einziges Wort. Du gibst Kapitän Scratch kein Zeichen. Du hältst dicht. Du setzt deine Geistersuche einfach fort, aber du markierst den richtigen Platz mit deinem Messer. Das werde ich schon finden. Ich werde das Gold dann ausgraben, und dann jagen wir dem Kapitän zusammen so einen Schrecken ein, daß ihm die Bosheit wie ein Ungewitter aus den Augen herausschießen wird.«

»Und was passiert, wenn ich gar keine Geister sehen kann?«

»Du bist doch Schlag Mitternacht geboren – wie Billy Bombay, nicht wahr?«

»Ja.«

»Na ja, und der hat Geisteraugen gehabt. Ach, ich kann mich noch so genau daran erinnern, wie wir einmal in den Tropen in einer dunklen Nacht ohne Mond an Land gegangen und dabei auf einen Friedhof geraten sind. Er hat mir damals erzählt, daß sich dort so viel Spukgestalten herumgetrieben hätten, daß er bei ihrem Licht mitten in der Nacht Zeitung hätte lesen können.«

»Aber ich habe noch niemals einen Geist gesehen«, beharrte ich, »keinen einzigen!«

»Einmal ist immer das erstemal, Kleiner. Ich habe noch niemals den König von England gesehen, aber wenn mich jemand in den Buckingham-Palast hineinführte, dann würde ich ihn wahrscheinlich deutlich genug sehen können. Vielleicht bist du bis heute noch nie in der richtigen Geistergegend gewesen. Aye, das ist eben ein dunkles Geschäft, aber du bist bestimmt der richtige Bursche dafür.«

Ich begann allmählich, vor der kommenden Nacht Angst zu haben.

Als der Himmel am späten Nachmittag feuerrot wurde, ging ich zu Kapitän Scratch und den anderen zurück. Jack Laterne hatte gesagt, ich brauchte mir keine Sorgen zu machen – er würde in der Nähe sein. Das letzte, was ich von ihm sah, war seine gewaltige Gestalt, die wieder in dem grünen Dickicht untertauchte.

Selbst jetzt, wo die Sonne sank, dampfte die Insel wie ein Suppenkessel. Als ich am Ufer ankam, waren die Seeräuber gerade wie eine Schar von Wilden über das gebratene Schwein hergefallen und rissen es in Stücke. Messer und Säbel blitzten, und sie schrien vor Gier und vor Hunger. Als ich Kapitän Scratch erblickte, war seine linke Backe gerade so dick wie eine Kanonenkugel, und das Fett rann ihm in den Bart.

»Fürwahr, da kommt ja der junge Oliver«, sagte er und lachte, »hat wahrscheinlich ein wenig von zu Hause geträumt. Ich hab' mir schon gedacht, daß dich der Geruch von einem anständigen Essen wieder aus dem Wald heraustreiben wird.«

Mit diesen Worten hieb er ein Stück Fleisch ab und spießte es auf seine Säbelspitze. »Ich wünsch' dir einen guten Appetit.«

»Ich habe keinen Hunger«, antwortete ich.

»Ach was, iß jetzt, Junge! Das treibt dir das Heimweh aus. Was willst du denn, ehe du noch einen Zentimeter gewachsen bist, gehst du wieder am Strand von Nantucket spazieren. Der Teufel mag meine arme Seele braten, wenn ich mein Versprechen nicht halte.«

Sein Versprechen, was war das schon wert!

Er warf mir das Fleisch hin und wandte seine Aufmerksamkeit dann dem Himmel zu. »Aye, jetzt wird es bald dunkel genug sein. Es würde mich gar nicht überraschen, wenn wir die Goldkisten schon vorm Frühstück ausgegraben hätten.«

Die anderen spitzten die Ohren, und Hadschi grinste mir heimtückisch zu. Ob er wohl wußte, war mir bevorstand? Nun, Sir, diesmal würde ich derjenige sein, der zuletzt lachte.

Ich zog mein Messer heraus und schnitt ein Stück Fleisch für Jibboom ab. Ich entdeckte dabei, daß mich die roten Bananen doch nicht so satt gemacht hatten, daß ich nicht noch ein köstlich duftendes Stück Schweinebraten vertilgen konnte. Während ich aß, erkannte ich in der Dämmerung Ezra Fly, der sich die Finger ableckte, und Ned Knollennase. Die beiden hatten keine Ahnung, daß ich genauso wie sie mit Jack Laterne im Bunde war. John Ringrose hatte das Muscheleisen ruhen lassen und hielt jetzt einen Kotelettknochen wie ein Stück Wassermelone in der Hand. Er hatte sich wohl einen ungeheuren Hunger angearbeitet.

Und dann fiel Kapitän Scratch plötzlich mit angeekeltem Erstaunen auf, wie seine Mannschaft das Fleisch verschlang. »Da seh euch einmal einer an!« sagte er. »Ihr würgt euer Essen wie Hunde hinunter! Ihr seid jetzt gleich reiche Herren, Jungens, und ein vornehmer Mann ißt seine Mahlzeiten auch manierlich und anständig und schiebt sich die Bissen mit dem Messer in den Mund!«

Im Handumdrehen bestand das Wildschwein nur noch aus abgenagten Knochen. Dann verrieb sich Kapitän Scratch, der sich doch einbildete, ein feiner Herr zu sein, das Bratfett auf dem Gesicht und dem Nacken, so daß seine Haut feuerrot zu schimmern begann. Die anderen folgten seinem Beispiel, und es dauerte gar nicht lange, da bereute ich, es ihnen nicht nachgemacht zu haben.

Der Horizont verschlang die brennendrote Sonne. In diesen Breitengraden brach die Nacht rasch herein, und das Licht verging so schnell, als ob man eine Kerze ausgeblasen hätte. Kapitän Scratch zündete eine Schiffslaterne an und befahl dann Kannibal und Ezra Fly, die Spaten zu schultern.

Dann musterte er mich mit seinem glühenden Blick. »Geh voraus, mein Augapfel. Aber denk immer daran: nicht ins Dösen geraten! Und wenn du einen Geist siehst, dann schrei! Bist du bereit, mein Junge?«

»Ja, Sir«, antwortete ich und war dabei fest entschlossen, daß ich nicht einmal mit den Augen blinzeln würde, selbst wenn sich der Geist in seinem Schwefelglanz direkt auf mich stürzen würde.

»Dann mach dich auf den Weg!«

So marschierten wir los und kämpften uns im Gänsemarsch in den Dschungel. Ich ging voran, und Kapitän Scratch marschierte einen Schritt hinter mir und ließ dabei die heruntergedrehte Laterne in Fußhöhe neben sich tanzen. »Ich passe auf die Schlangen auf«, erklärte er mir, obgleich Jack Laterne mir gesagt hatte, daß es auf der Insel keine Giftschlangen gäbe. Mir fiel wieder ein, daß sich Kapitän Scratch vor der nächtlichen Finsternis fürchtete, und als ich jetzt so in die samtene Schwärze hineinging, fand ich sie selbst nicht allzu einladend. Ezra Fly folgte dem Kapitän, und Kannibal machte den Schluß.

Von Zeit zu Zeit riet mir Kapitän Scratch, einen Strich weiter nach Backbord oder weiter nach Steuerbord zu gehen, aber meistens folgte ich einfach meiner Nase. Wir bewegten uns so behutsam und leise vorwärts, als ob wir Gentleman Jack überraschen wollten. Aber nachdem jetzt die Nacht hereingebrochen war, schien der Dschungel aus dem Schlaf zu erwachen. Die Luft wurde vom Summen und Sirren der Insekten lebendig. Heimchen und Grillen schwirrten so dicht wie die Fliegen herum. Mit jedem Schritt stöberten wir neue auf, und sie begannen empört zu lärmen und begleiteten unseren Weg mit ihrem schrillen Zirpen.

»Verdammte Grillones«, fluchte der Kapitän leise, wobei er sie wohl mit ihrem spanischen Namen bezeichnete. »Sie sind hier in der Gegend so dick wie Frösche und doppelt so laut.«

Wolken von Stechmücken und Moskitos entdeckten uns und hefteten sich an unsere Spur. Ich scheuchte sie ununterbrochen von meinem Gesicht fort. Sie belästigten mich so hartnäckig, daß ich schließlich einen Zweig von einem Busch abriß und sie damit wegwedelte. Kapitän Scratch hob die Laterne, um zu sehen, was los war. »Hast du ihn schon gesehen, Junge?« flüsterte er.

»Nein, Sir.«

»Was zappelst du denn dann so?«

»Ich werde bei lebendigem Leibe aufgefressen!«

»Aye, die Schnaken!« kicherte er. Motten hatten sich in solchen Scharen um das Licht der Laterne gesammelt, daß sie es fast verdunkelten. »Wenn du nicht weißt, was man dagegen unternehmen kann, werden sie dich immer wieder jagen und stechen, Kamerad. Hier in der Gegend gibt es keinen einzigen Seeräuber, der nicht genau weiß, wie er sich vor ihnen schützt.«

»Mit was denn?«

»Schweineschmalz! Ja, das ist das einzige, was den Nahkampf beendet.« Er rieb die Laterne an seinem Bein, um sie von Insekten zu befreien, aber sie kamen sofort wieder angeschwärmt. »Geh weiter, mein Junge.« Hier und da schimmerte ein Leuchtkäfer wie ein Stern durch die Büsche. Wir marschierten Stunde um Stunde durch das Dickicht, und ich scheuchte mir ununterbrochen die Mücken vom Gesicht. Von Zeit zu Zeit blieben wir stehen und schauten uns nach allen Seiten um. »Siehst du ihn nicht, Junge? Siehst du nicht einmal den kleinsten Schimmer, wie? Vielleicht nur ein ganz schwaches Leuchten?«

»Nein, Sir.«

»Oh, das ist ein Schlaukopf, der Gentleman Jack. Ich bin sicher, daß er ganz genau weiß, was wir vorhaben. Der will uns erst einmal an der Nase herumführen.«

Als wir uns einmal einen Moment hinsetzten, um zu verschnaufen, fingen die Grillen plötzlich ganz in der Nähe so laut zu zirpen an, daß Kapitän Scratch in die Höhe schoß.

»Das ist er! Ach, ich kann den Schwefeldampf fast riechen!« Wir stürzten uns krachend und polternd in Büsche und Ranken, als ob wir ein Karnickel im Lauf fangen wollten.

»Halt die Augen offen, Junge!«

Mein Herz raste, aber ich nahm mich zusammen, falls sich das Inselgespenst gleich auf mich stürzte. Beim Donner, ich würde meinen Mund halten, selbst wenn es wie ein Drache Feuer spie. Aber zehn Minuten vergingen, ohne daß wir es zu sehen bekamen. Schließlich hielten wir an. Kapitän Scratch beugte sich dicht zu mir hinunter und flüsterte mir ins Ohr: »Paß auf, ich pack' dich beim Bein, und dann kletterst du diesen Baum hinauf. Schau dich oben gut um. Vielleicht kannst du ihn durch die Büsche kriechen sehen.«

Ich war im Nu oben und kletterte in einem nach Zedern duftenden Baum von Ast zu Ast. Ziemlich hoch oben entdeckte ich einen Sattel, auf dem ich mich niederlassen konnte. Ich versuchte die Dunkelheit um mich herum mit meinen Augen zu durchdringen, und dabei merkte ich plötzlich, daß ich nicht allein im Baume saß.

In der nächsten Astgabel über mir hockte ein Mann.

Mir sträubten sich die Haare, und ich hätte fast laut geschrien. Aber ich hatte mich so sehr gegen alle möglichen Überraschungen gewappnet, daß ich keinen Laut von mir gab. Wenn das Gentleman Jack war, so war er wenigstens überhaupt nicht von einem Lichtschimmer umgeben.

Ich musterte die dunkle Schattengestalt, die nur um Armeslänge von mir entfernt war, und begann langsam den Baum wieder hinunterzuklettern.

»Kleiner!«

Ich hielt inne. Was war ich doch für ein riesenhafter Tor! Das war natürlich Jack Laterne.

»Ich wünsche dir einen guten Abend«, hauchte er, »ich hab' dir doch versprochen, daß ich bei der Geistersuche immer in der Nähe sein werde.«

»Pscht«, flüsterte ich zurück, »sonst hören sie uns unten.«

»Doch nicht bei dem Geschrei, mit denen ihnen die Grillones die Ohren voll zirpen. Sie hätten mich fast verraten, nicht wahr? Und du? Dir ist jetzt gewiß heiß, und du hast Durst, was, mein Junge?«

»Aye«, antwortete ich.

Er kramte in seinen Taschen und reichte mir etwas herunter, das sich wie eine kleine Kanonenkugel anfühlte, aber so weich war, daß man es essen konnte. »Auf diesen Inseln hier braucht man nicht zu verhungern. Das ist die Frucht eines Juniperbaumes. Saftig! Die wird dich erfrischen, Kleiner.«

Die Frucht war tatsächlich sehr saftig und voller harter kleiner Kerne. Ich aß sie so hastig, daß mir mehr Saft auf das Hemd kleckerte, als in den Mund geriet.

Kapitän Scratch hatte mein Schweigen ungeduldig gemacht, und er rief endlich mit unterdrückter Stimme zu mir herauf: »Kannst du ihn sehen, Kamerad?«

»Nein, Sir!« rief ich zurück.

»Mach die Augen ordentlich auf!«

Ich muß ungefähr zwanzig Minuten lang mit Jack Laterne im Baum gesessen haben. Er sagte mir, daß ich mich nur vor einer einzigen Frucht auf der Insel hüten müsse, und zwar vor dem Manzanilla-Apfel, der giftig sei. Er wußte erstaunlich viele solche Dinge.

Wir liefen danach weiter auf der Insel hin und her, und während die Stunden verstrichen, verwandelte sich Kapitän Scratchs Ungeduld in schlechte Laune. Er jagte mich immer weiter, bis ich nur noch vollkommen schlaftrunken vorwärts stolperte und kaum mehr die Kraft besaß, die Stechmücken von meinem Gesicht fortzuscheuchen. Er bildete sich immer wieder ein, Schwefel zu wittern, und er hetzte uns immer wieder in eine andere Richtung. Die Nacht schien ohne Ende, und als die Morgendämmerung kam, ohne daß wir auch nur eine Spur von Gentleman Jack entdeckt hatten, kochte Kapitän Scratch vor Zorn. Er schüttelte die Fäuste drohend gegen den Dschungel und brüllte: »Aye, wir werden dir keine Ruhe mehr geben, du verfaultes, wurmzerfressenes Gespenst! Morgen nacht kannst du uns wieder erwarten! Wir kommen zurück!«

Als wir zur Bucht und zum Schiff zurückwankten, sah jeder von uns wie ein Bündel Lumpen aus. Die übrigen Piraten lagen am Strand und schliefen, reglos und still wie Treibholz. Kapitän Scratch stieß so lange mit den Füßen gegen sie, bis sie wach wurden.

»Aufgestanden, aufgestanden, ihr faulen Hunde!«

Ich entdeckte jetzt, daß ich mir das Vorderteil meines Hemdes mit dem Saft der Juniperfrucht völlig verdorben hatte. Überall waren schwarze Flecken, und es sah wahrhaftig so aus, als ob mir die fetten Dschungelheuschrecken in der Nacht gegen die Brust gespuckt hätten. Und dann sah ich, daß mich Kapitän Scratch nachdenklich musterte. Überlegte er sich jetzt wohl, woher die Flecken stammten? Er kniff ein Auge mißtrauisch zu. Ich versuchte, mir eine befriedigende Antwort auszudenken, aber ich konnte kaum mehr einen Gedanken fassen, denn mein Gesicht juckte und schien dick zu werden, und meine Lippen waren mit Blasen bedeckt.

Er schlenderte näher und blieb dann plötzlich stehen. Im hellen Tageslicht konnte er mich gut von oben bis unten mustern, aber nicht mein bekleckertes Hemd schien sein Interesse zu erregen, sondern der Zweig, den ich dazu benutzt hatte, um die Stechmücken wegzujagen. Jetzt riß er die Augen auf, daß ihm die Brauen bis in die Stirn fuhren und schrie: »Wirf ihn weg! Laß ihn fallen!« Er stellte sich an, als ob ich eine lebendige Schlange in meiner Hand trüge. »Das ist Manzanilla, mein Junge! Das ist der Giftapfel!«

ZEHNTES KAPITEL

welches genau schildert, warum ich an den Füßen aufgehängt wurde

Mein Gesicht schwoll wie ein Kürbis an. Ich war drei Tage lang blind. Meine Haut brannte wie Feuer. Auch meine Hand, in der ich den gefährlichen Apfelzweig getragen hatte, war wie verbrüht.

Da meine Augen ganz zugeschwollen waren, mußte die Geisterjagd erst einmal abgeblasen werden. Kapitän Scratch grollte und schimpfte über die Verzögerung, und die Mannschaft mußte unter seiner Ungeduld leiden. »Ich werd' euch die Faulheit austreiben!« donnerte er und schickte sie nacheinander mit auf den Schiffsrumpf. »Schabt das Holz blank, ihr gierigen Affen! Schabt es blank!«

Den ganzen lieben Tag lang klang in der Bucht das Schaben und Kratzen der Muscheleisen wider. Ich lag am Strand, und gegen die sengende Sonne war ich durch eine Wand geschützt, die mir Ezra Fly aus Palmwedeln geflochten hatte. In den langen heißen Stunden der Fieberträume kehrte mein Geist immer wieder zu Tante Käthe und zu meinem Vater und zu dem Kummer zurück, den ich ihnen bereitete. Es mußte ein Wunder geschehen, wenn ich mein Zuhause jemals wiedersehen würde.

Ich döste und träumte, ich wäre ein Küfer, schlüge Kapitän

Scratch in ein Faß und rollte ihn über die Pflastersteine zum Lordrichter der Admiralität. Der nahm eine Prise aus der Schnupftabaksdose und dankte mir aufs höflichste. Aber dann wurde ich wach, und der Richter verschwand, und an seiner Stelle hörte ich Kapitän Scratch nach einer Muskete schreien.

»Es gibt auf dieser Insel genug Schweine, um uns ein ganzes Jahr lang zu versorgen. Kannibal! Folge mir!«

Den ganzen Nachmittag über hörte ich das Gewehrfeuer im Dschungel, und bei jedem Schuß erschien mir das Bild von Jack Laterne vor den verquollenen Augen. Ich war darauf gefaßt, daß sie ihn an Händen und Füßen gefesselt und an einer Bambusstange hängend zum Ufer bringen würden.

Aber auch am Abend des zweiten Tages hatten sie Jack Laterne noch nicht im Dickicht aufgestöbert. Dafür war der Jagdzug des Kapitäns erfolgreich gewesen. Er ließ fünf Schweine aus dem Dschungel herausschleppen, und sie wurden aufgebrochen, abgesengt, zerlegt und mit Salzlake in Fässer gefüllt.

In dieser Nacht hörte ich, wie sich die Männer darüber beklagten, daß der Schiffsrumpf so von Seewürmern zerfressen sei, daß er an manchen Stellen nur noch so dünn wie Brüsseler Spitze sei.

»Tatsächlich, Käpt'n«, sagte John Ringrose, »manche Planken kann ich mit dem Daumen durchstoßen.«

»So flickt sie mit Teer und Harz.«

»Sir«, warf Ned Knollennase ein, »ohne frisches Holz ist dies Schiff nicht mehr seetüchtig. Der Rumpf ist einzig und allein nur durch das Seegras zusammengehalten worden.«

»Teer und Harz, das tut's!« antwortete der Kapitän. »Und wenn ihr Angst habt, mit uns wieder fortzusegeln – hier von dieser Insel wird euch niemand vertreiben, wenn wir erst weggefahren sind. Ha! Teer und Harz werden schon reichen, Kameraden, bis wir unseren Schatz an Bord haben. Aye, und dann kapern wir uns das nächste schöne Schiff, und wenn wir in der Themse Anker werfen, wird uns jedermann bewundern und beneiden!«

Am dritten Tag meiner Blindheit verschlief ich die heißesten Stunden des Tages und wachte in vollkommener Stille auf. Das Schlagen und Kratzen auf dem Schiffsrumpf war verstummt. Keine einzige Stimme erklang in der Bucht. Ich hörte nur das Rauschen der Brandung auf dem Sand, und plötzlich fuhr ich in die Höhe.

Die Männer waren fort. Ich war allein.

Ich richtete mich blind und unsicher auf. Donner und Blitzschlag, hatten sie den Schatz irgendwie ohne meine Hilfe gefunden und schon Segel gesetzt? Hatten sie mich hier auf der Insel zurückgelassen? »Kapitän Scratch!«

Ich streckte meine Hände aus und stolperte blindlings geradeaus. Ich versuchte, meine Augen zu öffnen, aber meine geschwollenen Lider blieben so fest wie Walnüsse zu.

»Kapitän Scratch! Mister Ringrose!«

Da hörte ich ein ganzes Stück hinter mir eine Stimme antworten: »Immer mit der Ruhe, Kleiner!«

Jack Laterne! Ich fuhr herum. »Sind sie fort? Haben sie uns alleine hier zurückgelassen?«

»Nein, mein Junge. Sie haben nur das Schiff wieder flottgemacht. Sie wollen es wieder in die Bucht zurücksteuern und auf die andere Seite legen, damit es von der anderen Seite gereinigt werden kann.«

Was war ich doch für ein Dummkopf! Natürlich, es konnte sich ja auch um nichts anderes handeln. Ich stieß einen Seufzer der Erleichterung aus.

Jack Laterne sagte mir, daß er sich im Strandgras versteckt hätte, und ich versuchte, dem Klang seiner Stimme zu folgen. »Was ist denn mit dir passiert, Kleiner? Kannst du nicht mehr sehen?«

»Nein, Sir.«

Und dann erzählte ich ihm alles über den vergifteten Zweig. Er schnalzte mit der Zunge. »Aye, dein Gesicht ist wie ein Ballonfisch aufgeblasen. Aber das wird vorübergehen. Ganz bestimmt, das geht vorüber. Hab acht! Das Schiff kommt herein.«

Und dann war er fort.

Als ich am nächsten Morgen wach wurde, konnte ich meine Augen öffnen. Ich konnte wieder sehen. Das Schiff lag jetzt auf der Steuerbordseite, und die Männer arbeiteten sich den ganzen Tag lang wie Spinnen über den Schiffsrumpf vorwärts.

Mein gebesserter Gesundheitszustand ließ Kapitän Scratchs Augen wieder munterer funkeln. Er wurde lebendig und rege, und ich hatte ihn noch nie bei besserer Laune gesehen. »Heute nacht, mein Junge – ich kann es in den Knochen spüren. Heute nacht, Kamerad, werden wir Gentleman Jack endlich am Schlafittchen erwischen!« Während des Tages wusch ich mein Hemd und hing es über einen Busch zum Trocknen. Aber die Flecken blieben so schwarz wie vorher.

Als die Nacht hereinbrach, schlug mir Kapitän Scratch auf die Schulter, und wir brachen zur nächsten Geisterjagd in den Dschungel auf. Am Morgen kochte er wieder vor Wut. Wir versuchten es in der folgenden Nacht noch einmal und in der nächsten ein drittes Mal, aber wenn Gentleman Jack seinen Kopf aus der Erde gesteckt haben sollte, so habe ich ihn wenigstens nicht gesehen.

Dunkle Blicke begleiteten mich überallhin. In den Seeräubern stiegen Zweifel an meiner Fähigkeit als Geisterseher auf, und ich selbst war von mir enttäuscht. Vielleicht hatte ich gar keine Macht über die Gespenster! Oder vielleicht war ich in Wirklichkeit gar nicht Schlag Mitternacht geboren, wie man mir immer erzählt hatte!

Die Säuberungsarbeiten gingen ihrem Ende zu, und das Schiff wurde bei der nächsten Flut wieder flottgemacht. Wir bezogen wieder unsere Quartiere an Bord. Die Männer schafften frische Verpflegung in Form von Büscheln grüner Bananen und anderer Früchte herbei, und dann fingen sie noch ein paar Seeschildkröten, die lebendig in den Schauerräumen untergebracht wurden. Alles war bereit, daß wir wieder in See stechen konnten. Das einzige, was uns noch fehlte, war nur der Schatz.

An jenem Tag befand ich mich am späten Nachmittag mit Jibboom unten im Schiff. Plötzlich hörte ich oben Lärm und Geschrei. Ich kletterte die Leiter so schnell wie möglich hoch und sah, daß wir Segel setzten. Ich erschrak. Der Kapitän schrie nach allen Seiten Befehle. Die Segelleinwand entfaltete sich und blähte sich im Wind. Wir verließen die Bucht.

»Oliver! Hilf am Gangspill!«

Ich warf mich mit meinem vollen Gewicht in die Speichen der Ankerwinde, und ich wußte immer noch nicht, was ich von unserem plötzlichen Aufbruch halten sollte. Hadschi stemmte sich mir genau gegenüber gegen die Winde, und er und ich und ein paar andere Männer gingen immer rundherum im Kreise, und wir wickelten dabei die Ankerkette wie einen Faden auf eine große Spule auf, bis der Anker gehievt war. Dann schnitt mir Hadschi eine furchterregende Grimasse und schlich davon.

Als wir Kurs aufs offene Meer nahmen, ließ mich Kapitän Scratch aufs Achterdeck rufen. Mein einziger Gedanke galt Jack Laterne, der uns jetzt vermutlich aus dem Dschungel beobachtete und mit ansehen mußte, wie wir davonsegelten.

»Sir?«

Der Kapitän zeigte mir seinen breiten Rücken, aber jetzt wandte er sich zu mir um. Ich war überrascht, denn auf seinem Gesicht lag ein Lächeln.

»Er schaut uns nach, mein Junge!« Er begann zu lachen, und das klang, als ob sich eine verrostete Gartentür heimlich in der Nacht öffnet, und mein Herz begann zu hämmern. Wußte er, daß Jack Laterne auf der Insel war? Oder machte er einen seiner grausamen Späße?

»Schaut uns nach, Sir?« wiederholte ich in dem Bestreben, mich nicht zu verraten.

»Aye, er ist ein Schlaukopf, der Gentleman Jack! Er hat uns in der Bucht gesehen. Wir haben ja schließlich auch genug Lärm veranstaltet, um einen Toten zu wecken! Da hat er eben aufgepaßt, Kamerad, und er ist uns aus dem Weg geblieben. Es ist gar kein Wunder, daß du ihn nicht zu Gesicht bekommen hast. Aber der Teufel soll meine Seele braten, wenn es mir nicht gelingen sollte, ihn zu überlisten.« Er wußte von Jack Laterne genauso viel oder genauso wenig wie vorher, aber das tröstete mich nicht sehr. Ich schaute auf das Riff zurück und auf die Insel, die hinter dem Brandungsgürtel allmählich versank, und ich dachte an Jack Laterne, den wir zurückgelassen hatten. »Überlisten, Sir?« fragte ich fast ein wenig zu eifrig.

Kapitän Scratch starrte zu mir hinunter und zerrte sich am Bart.

»Aye.«

»Werden wir denn zurückkehren?«

»Hast du Lust, dich noch einmal auf die Suche nach ihm zu machen?«

»Ja, Sir.«

»Zähes Bürschchen«, murmelte er zufrieden, »dann hör zu – dies mißtrauische Gespenst sieht uns also fortsegeln, nicht wahr? Aber wir, wir kehren im Schutze der schwarzen Nacht zurück und werden ihn überraschen.«

Als die Nacht hereinbrach, befahl der Kapitän, das Schiff zu wenden. Es stand kein Mond am Himmel, und es wurde der Befehl gegeben, alle Lichter zu löschen.

Es dauerte ein paar Stunden, bis wir wieder vor der Insel lagen und den Anker fallen ließen. Ich war wegen Jack Laterne etwas in Sorge, und ich überlegte mir, was er von unserem Verschwinden gehalten haben könnte, und ob wir jetzt am Ende ihn überraschen würden. Ich mußte mit der Versuchung kämpfen, ein Licht anzuzünden, um ihn zu warnen, aber das hätte Gentleman Jack ja auch gewarnt. Als ich gerade darüber nachgedacht hatte, befahl mir der Kapitän, zusammen mit Kannibal, Hadschi und John Ringrose in ein Boot zu steigen. Als wir noch in den Blöcken hingen, umwickelten die Seeräuber die Ruderblätter mit Lumpen, um ihr Geräusch im Wasser zu dämpfen. Ein Napf mit Schweineschmalz ging von Hand zu Hand, und wir rieben uns das Gesicht und den Hals und die Arme so dick ein, daß es geglänzt haben muß.

Als letzter kletterte Kapitän Scratch zu uns ins Boot. Er

trug seine Laterne bei sich, denn die nächtliche Dunkelheit lag ihm schwer auf dem Gemüt, aber er zündete sie nicht an. »Laßt uns hinunter, Jungens!« flüsterte er heiser.

Das Boot glitt ins Wasser, und ich ergriff eins der Ruder mit festem Griff. Kapitän Scratch legte den Arm auf die Ruderpinne und zischte uns geflüsterte Anweisungen zu. Wir ruderten. Salziger Schaum sprühte mir wie schwerer Tau auf den Rücken. Wir arbeiteten uns zum dunklen Schattengebirge der Insel vor, und die Brandung rauschte und erfüllte unsere kleine Bucht mit dem schnellen Schimmer der Gischt.

Die umwickelten Ruder verursachten im Wasser kaum ein Geräusch. Ich beugte mich mit den anderen vor und zurück, und ich schwor mir, daß ich den Geist heute nacht sehen würde, wenn er überhaupt existierte. Ich würde die Stelle für Jack Laterne markieren, und die Seeräuber hier wollte ich in die falsche Richtung schicken.

Wir ruderten über die Brandung hinaus ins seichte Wasser, sprangen aus dem Boot und zogen es auf den Strand hinauf. Die Hitze der Nacht lag feucht und schwer über der Insel, und der sternenübersäte Himmel über uns gab uns gerade genug Licht.

»Jetzt keinen Ton mehr, Kameraden!« warnte uns Kapitän Scratch.

»Aye!«

Die Piraten holten sich ihre Spaten und Schaufeln vollkommen geräuschlos aus dem Boot heraus und legten sie wie Gewehre über die Schulter. Der Kapitän gab mir einen Stoß. »Übernimm die Führung, mein junger Seemann. Reib dir die Augen, damit du den dunstigen Burschen siehst, hörst du? Nun geh los, Junge.«

Ich schaute mich um und sah nichts als die dunklen und spitzen Schatten der Bäume. Spukte das Gespenst schon hier irgendwo herum und umkreiste das alte Versteck des Schatzes? Ich stieß einen hoffnungsvollen Seufzer aus, und wir bewegten uns im Gänsemarsch auf den Dschungel zu.

Ich hielt die Augen weit offen. Dabei achtete ich wie ein

Schießhund auf jedes Geräusch. Wir bewegten uns so leise vorwärts wie die Fische in der See. Die Stunden verstrichen. Wir krochen. Wir machten eine Pause. Wir kletterten weiter. Der Schweiß lief uns den Rücken hinunter, und Kapitän Scratchs Geduld begann wieder zu reißen. Gegen Mitternacht ging der Mond auf und warf sein bleiches Licht auf die großen Dschungelblätter. Und dann hielten wir an, um zu beratschlagen.

»Hast du ihn nicht gesehen?« forschte der Kapitän.

»Nein, Sir«, murmelte ich.

»Wo hast du denn deine Augen, Junge?«

Wir gingen wieder weiter, und ich schaute überallhin. Das eine Auge hatte ich sozusagen für den Geist reserviert und das andere für Jack Laterne – und beide für eine süße, saftige Juniperfrucht, nach der mir der Mund wässerte. Aber ich sah keins von den dreien.

Wieder hielten wir zu einer Beratung an, und diesmal war die Geduld des Kapitäns zu Ende. »Du hast ihn nicht gesehen!«

»Nein, Sir.«

»Zum Teufel mit deinen Augen!«

»Vielleicht gibt es gar keinen Geist«, antwortete ich aufsässig, denn ich war nervös und hundemüde.

»Keinen Geist! Bist du verrückt?«

»Vielleicht liegt Gentleman Jack ganz ruhig und friedlich in seinem Grab. Sie haben mir ja selbst erzählt, daß Sie ihn auf der Stelle gerächt haben. Wenn er herumspuken würde, dann hätte ich ihn doch längst gesehen.«

»Kümmer dich nicht um das, was ich gesagt habe!« grollte Kapitän Scratch und vergaß dabei ganz und gar, seine Stimme zu dämpfen. »Jetzt sage ich, daß es hier einen Geist gibt, er bewacht den Schatz, da gibt es gar nichts!«

»Inschallah!« zischte Hadschi. »Gesegnet sei Allah, endlich durchschaue ich das Spiel, das dieser Junge mit uns spielt.«

»Was ist das?« schnappte der Kapitän dazwischen.

»Er streut uns Sand in die Augen.«

»Was?«

Hadschi grinste verschlagen unter dem zerfetzten Lumpen, den er sich als Turban um den Kopf gewickelt hatte. »Woher wissen wir denn, daß er den Geist nicht schon gesehen hat, Kapitän? Gar nicht lange, dann ist er erwachsen, und dann kann er auf diese Insel zurückkommen – aye, und dann gräbt er sich unseren Goldschatz für sich selbst aus.«

»Da schlag doch einer lang hin!« brüllte Kapitän Scratch und packte mich beim Ohr. »So hast du dir die Sache also gedacht! Bildest du dir etwa ein, du könntest mich überlisten, du dummer kleiner Fuchs?« Er drehte mein Ohr, und ich schrie auf: »Nein, Sir! Ich habe Gentleman Jack nicht gesehen! Keine Spur von ihm!«

»Du lügst!« fuhr mich Hadschi an.

»Wir werden die Wahrheit schon aus dir herausbekommen!« sagte Kapitän Scratch und hob mich am Ohr fast vom Boden hoch. »Hadschi! Gib ihm einen kleinen Vorgeschmack auf die Freuden des Roten Meeres!«

»Die Bastonnade, Kapitän?«

»Aye.« Damit stieß er mich in Hadschis Hände. »Das soll ihn lehren, daß man Harry Scratch nicht belügen darf!«

Ich wußte nicht, was die Freuden des Roten Meeres waren, aber ich wußte ganz genau, daß ich an ihnen nicht teilhaben wollte. Ich machte einen Satz, um mich zu befreien, und dank dem Schweineschmalz auf meinen Armen flutschte ich Hadschi aus dem Griff. Aber fast im gleichen Moment hatte mich Kannibal gepackt und kehrte mein Unterstes zuoberst. Da begann mein Herz etwas angstvoll zu pochen.

»Hört mal, Schiffskameraden«, hörte ich John Ringrose in einer begütigenden Stimme sagen, »seid nicht so schnell mit der Bastonnade bei der Hand. Er ist doch nur ein Junge, Käpt'n.«

»Halten Sie den Mund, Sie ausgewachsener Schiffsjunge! Mach weiter mit ihm, Hadschi.«

Während mich Kannibal an den Füßen in die Höhe hielt, wurde mir ein Liane um die Knöchel gebunden, meine Schuhe wurden mir von den Füßen gezogen, und dann merkte ich plötzlich, daß ich mit den Füßen nach oben und mit dem Kopf nach unten von einem Ast herabhing.

Ich war wütend, und ich hatte außerdem Angst. »Ich habe den Geist noch nicht gesehen!« schrie ich. Das Blut strömte mir in den Kopf. »Das ist die Wahrheit!«

»Fang an!« befahl Kapitän Scratch.

Der Pirat vom Roten Meer begann. Er hatte sich mit einem festen Stock bewaffnet und schlug damit auf die nackten Fußsohlen. Das tat weh, aber zuerst war es noch nicht so schlimm.

»Nun rede dich frei, mein Junge«, sagte Kapitän Scratch, »versuch mir nicht einzureden, daß es hier keinen Geist gibt! Hast du ihn nicht doch gesehen, wie?«

»Nein, Sir!«

»Versuchst du mich wieder zu betrügen, Junge? Mich, der dich so gerecht und redlich behandelt hat, als wärst du mein eigen Fleisch und Blut?«

»Gerecht und redlich!« Ich schnitt eine Grimasse, während ich an dem Zweige hin- und herpendelte. Hadschi schlug pausenlos auf meine Fußsohlen ein, und ich tanzte wie ein Fisch an der Angel.

»Antworte mir, Junge! Heraus mit der Wahrheit!«

»Ich sage Ihnen doch die Wahrheit!« rief ich. »Ich habe kein Gespenst gesehen!«

»Willst du wohl das Lügen lassen, du hinterhältiges Biest!« Die Schläge prasselten hernieder. Meine Fußsohlen waren jetzt so heiß und so empfindlich geworden, daß mir jede Berührung wie ein Feuerstrahl durch die Beine schoß. Ich schloß die Augen und biß die Zähne zusammen, und immer noch schlug Hadschi auf mich ein.

»Nun, was ist, Junge?«

Ich weigerte mich zu antworten. Ich hatte jetzt Angst, daß ich weinen würde, wenn ich auch nur den Mund aufmachte. Ich konnte spüren, wie mir der heiße Schweiß die Beine herunterrann und über die Arme lief und von den Fingerspitzen auf die Erde tropfte.

»Gib Antwort, Junge!«

»Schneidet ihn doch ab«, sagte John Ringrose mit ruhiger eindringlicher Stimme.

»Ja, aber erst, wenn die Bastonnade die Wahrheit aus ihm herausgebracht hat!«

»Käpt'n, es ist doch die Wahrheit, die er zu sagen versucht.«

»Halt den Mund, John! Oder willst du etwa selbst dort hängen?« Hadschi drosch weiter auf mich ein, bis ich das Gefühl hatte, daß mir der nächste Schlag die Füße wie Glas zersplittern lassen würde. Ich riß die Augen auf und suchte nach der auf dem Kopf stehenden Gestalt von Kapitän Scratch. Wenn er eine Lüge haben wollte – zum Donnerwetter, dann würde ich ihm eine servieren! Ich würde ihm einfach sagen, daß ich das Gespenst gesehen hätte, und dann hätte sich der Fall.

Aber ehe ich die Worte ausstoßen konnte, blieben sie mir in der Kehle stecken. Wie ich so dahing, sah ich plötzlich einen hellen Glanz hinter den Büschen. Eine vom Licht umflossene Gestalt! Das war er! Ich hätte es fast herausgeschrien, aber ich biß noch einmal die Zähne zusammen, gerade lang genug, um meine rasenden Gedanken beieinanderzuhalten. Und dann reckte ich einen Arm genau in die entgegengesetzte Richtung.

»Ich sehe ihn!« schrie ich. »Da ist er jetzt!
Der Geist, Sir! Es ist Gentleman Jack!«

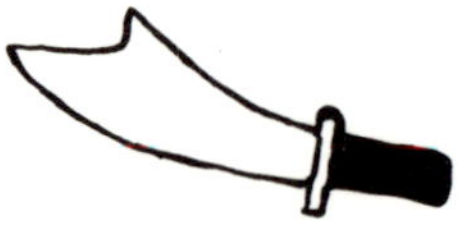

ELFTES KAPITEL

in dem eins nach dem anderen geschieht und alles in großer Geschwindigkeit und mit viel Nachdruck

»Ihm nach! Ihm nach, mein Junge!« polterte Kapitän Scratch und stürzte vorwärts. Er vergaß dabei ganz, daß ich am Baume hing. Ich versuchte, das Gespenst noch einmal genau zu betrachten, aber es war schon wieder verschwunden.

Unter uns brach jetzt das größte Durcheinander aus. In ihrer Ungeduld, mich so schnell wie möglich abzuschneiden, knallten John Ringrose und Hadschi mit ihren Schädeln gegeneinander. Der Seemann vom Roten Meer kollerte mit einem solchen Schwung nach hinten, daß er hinter den Büschen verschwand und nicht wieder auftauchte. Ringrose stieß ein Gelächter aus, und es war mir klar, daß er den Zusammenstoß absichtlich herbeigeführt hatte. Ich wußte nicht ganz genau, ob er das aus Abneigung gegen Hadschi getan hatte oder aus Zuneigung zu mir.

»Verdammte Dummköpfe!« zeterte Kapitän Scratch. Er zog seinen Säbel und hieb die Ranke durch. Ich stürzte auf meine Hände und fiel um. »Schnell, mein Junge! Der Geist! Der Geist! Laß ihn nicht aus den Augen!«

Während ich die Liane von meinen Knöcheln zerrte, versuchte ich Gentleman Jack wieder zu erkennen. Er war jedoch ganz und gar verschwunden. Wir vollführten auch so einen

Lärm und so ein Geschrei, daß es gar nicht verwunderlich war, wenn er wieder in sein Grab zurückgeschossen war.

Ich bezeichnete jedoch schnell die Stelle. Ich tastete nach meinem Messer, das mir aus der Tasche geglitten war, klappte die Klinge heraus und stieß sie in die Erde. Ich vergewisserte mich, daß der Griff in die Richtung zeigte, in der ich Gentleman Jack hatte auftauchen sehen.

»Ihm nach, Junge!« befahl Kapitän Scratch mit gedämpfter Stimme. »Sonst verlierst du ihn!«

Ich versuchte, mich auf die Füße zu stellen, fiel jedoch wieder auf die Knie. »Ich kann nicht laufen«, flüsterte ich.

»Was soll denn das heißen?«

»Meine Füße, Sir!«

Kapitän Scratch stieß einen wütenden Seufzer aus. »Zum Teufel mit diesem heimtückischen Beduinen! Ich werd' ihm mit meinen eigenen Händen den Hals umdrehen!« Und dann schob er mir die Nase vors Gesicht und dachte wieder daran, seine Stimme zu dämpfen. »Ist der Gentleman Jack noch hier, Oliver, mein Junge? Kannst du ihn sehen?«

»Jetzt ist er weg«, antwortete ich.

»Da schlag einer lang hin! Fort?«

»Ja, Sir.«

»Aber du hast ihn doch hier stehen sehen, oder?«

»Ungefähr hier.«

»Ungefähr, nur ungefähr?«

»Ich hab' ja die ganze Zeit mit dem Kopf nach unten gehangen«, erinnerte ich ihn mit unschuldiger Stimme.

»Na ja gut, aber war er hier oder dort, Junge?«

»Mehr hier als dort, glaube ich«, gab ich zur Antwort. Meine Fußsohlen fühlten sich so an, als ob sich ein Wespenschwarm darüber hergemacht hätte. Ich versuchte meine Schuhe anzuziehen, aber sie ließen sich nicht mehr über meine geschwollenen Füße schieben. Kapitän Scratch fuhr wegen des erneuten Aufenthaltes fast aus der Haut. Die Freuden des Roten Meeres quälten ihn jetzt genauso wie mich. Ihretwegen hatten wir den Geist vermutlich für immer verloren.

John Ringrose hob mich endlich auf seinen Rücken. »Mach's dir nur gemütlich, mein Söhnchen«, flüsterte er mir zu, »deine Füße werden bald wieder in Ordnung sein, aber Hadschi, der verdammte Schweinehund, der wird seinen Schädel noch gut und gern eine Woche lang spüren.« Und dann lachte er leise.

»Laß das Schwatzen«, sagte Kapitän Scratch ungeduldig, »vorwärts! Vielleicht lungert er hier noch irgendwo herum!«

Wir krochen ungefähr eine Stunde lang in kleinen Kreisen im Unterholz herum, während der Kapitän immer wieder in der Luft schnüffelte, ob es Schwefel zu riechen gäbe.

Wir stöberten jedoch nichts anderes als Grillen auf, und sie begannen wie verrückt zu zirpen, während die anderen Insekten wie Schrotkugeln durch die heiße Luft schossen und brummten. Schließlich befahl uns Kapitän Scratch anzuhalten.

»Hier herum war es doch, oder?«

»Dort!« sagte ich und zeigte, ohne nachzudenken, in irgendeine Richtung. Donner und Doria, jetzt würd' ich ihn an der Nase herumführen.

Er machte ein paar Schritte tiefer in den Dschungel hinein. »Hier, hast du gesagt?«

»Lieber ein bißchen mehr nach da als nach hier«, antwortete ich, »und dann ein kleines bißchen mehr nach hier als nach da.«

Er machte einen halben Schritt geradeaus. »Ist dies die richtige Stelle, Junge?«

»Ungefähr.«

»Aye, aye, Gentleman Jack ist hier wahrscheinlich hin- und hergesprungen, damit er besser bei der Bastonnade zuschauen konnte. Und er hat am ganzen Körper gestrahlt?«

»Und dabei gedampft wie ein Teekessel«, setzte ich hinzu, wobei ich mehr als nötig übertrieb.

»Und war mit seinem scharlachroten Rock geschmückt, nicht wahr?« Ich konnte mich an überhaupt keinen Rock erinnern, aber das sollte mich jetzt nicht mehr aufhalten. »Feuerrot, Sir. Und der Hemdsärmel hat gefehlt.«

»Aye! Dann war er es ganz bestimmt.« Er zündete die Laterne an und hängte sie am Ast eines Baumes auf. »Dann fangen wir hier mit dem Graben an.«

In den langen dunklen Stunden vor Tag hoben die Piraten ein gewaltiges Loch aus. Ich schlief. Ich schlief unter einer Bananenstaude, und als mich die Sonne weckte, waren die Seeräuber immer noch beim Graben. Das Loch, das sie ausgehoben hatten, war so groß wie ein Keller geworden.

Mich interessierte ihre Arbeit nicht, denn Kapitän Scratch würde an dieser Stelle bestimmt keinen Schatz finden. Ich lauschte dem Morgenlied der Vögel und futterte so viel Bananen, wie ich konnte. Dann krabbelte ich zu einem kleinen Rinnsal, das über die Felsen plätscherte und kühlte meine Füße, so gut es ging. Sie waren so rot wie Gentleman Jacks Rock geworden und sahen doppelt so groß aus wie meine Schuhe.

»Schneller geschaufelt, meine Herzblätter!« befahl Kapitän Scratch von Zeit zu Zeit. »Keine Müdigkeit vorgeschützt, Jungens. Jetzt wird es nicht mehr lange dauern.«

Von der BLUTIGEN HAND wurden noch ein paar Mann geholt, und sie gruben alle miteinander den ganzen Tag. Die Erde flog nur so durch die Gegend. Es tat mir richtig leid, als ich auch John Ringrose mit aller Kraft und Energie mitschippen sah, obwohl das ja gar keinen Zweck hatte, ich muß jedoch gestehen, daß mich der Anblick von Hadschi insgeheim befriedigte, denn er schuftete wie ein Verrückter und stöhnte und ächzte dabei, als ob ihm ein Specht das Hirn aus dem Schädel pickte. Die Ausschachtung wurde immer länger und breiter. Ich hatte das unbestimmte Gefühl, daß sich Jack Laterne das Unternehmen anschaute, aber er hielt sich sorgfältig außer Sicht.

»Paßt auf, ob ihr ein Gerippe findet, Kameraden. Das wird Gentleman Jack sein – mögen seine Gebeine in Frieden ruhen. Die Goldkisten sind genau darunter.«

Als sich der Tag neigte, begann die Hoffnung wieder zu verblassen. Die Grube war jetzt zu einer riesigen Schlucht geworden, die sich zwischen den Bäumen dahinzog, und Kapitän Scratch fing wieder an, unruhig hin- und herzurennen, seinen wilden roten Bart zu zausen und mit sich selbst zu sprechen. Als die Sonne sank, inspizierte er das Loch und stieß dann ein verächtliches Schnauben aus. »Schaut euch das an! Faul wie eine Herde Affen! Was bildet ihr euch eigentlich ein? Wißt ihr nicht, was ihr tut, Kameraden?«

Ezra Fly hörte mit dem Graben auf, stützte den Arm auf den Griff seines Spatens und schaute dem Kapitän genau in die Augen. »Nach dem Schatz graben! Wie Sie befohlen haben!«

»Nach dem Schatz! Könnt ihr denn nicht sehen, daß unter euren Füßen nichts als Sand und Muscheln ist? Werft die Schaufeln weg, Jungens! Wir haben den falschen Platz erwischt. Aye, wir haben uns wieder geirrt.« Er entdeckte mich zwischen den Felsen in der Nähe und starrte zu mir herab. »Du hast gesagt, daß du ihn gesehen hast?«

»Ja, Sir.«

»Er stand doch zwischen diesen Bäumen, stimmt das nicht?«

»Ja und nein, Sir.«

»Drück dich gefälligst etwas genauer aus, Junge!«

»Wenn man mit dem Kopf nach unten an den Füßen hängt, dann sieht ein Baum wie der andere aus«, antwortete ich, »und außerdem war es stockdunkel.« Er konnte von mir aus so viel herumpoltern und schimpfen, wie er wollte, mehr würde er aus mir nicht herausbekommen. Jetzt hing er an seinen Füßen. Er konnte sich meinetwegen von hier aus bis nach China hindurchwühlen, an dieser Stelle würde er seinen Schatz nicht finden. Wenn wir erst zum Schiff zurückgekehrt wären, dann würde Jack Laterne mein Messer in der Erde stecken finden, und das würde ihm den Weg zu der richtigen Stelle zeigen.

»Aye, aber du hast ihn doch mit deinen eigenen Augen gesehen, Junge – glühend und dampfend und in seinem scharlachroten Rock, das hast du mir doch erzählt.«

»Ja, Sir.« Und wenn Jack Laterne erst einmal die Kisten mit

dem Plunder ausgegraben hätte, dann würde er Kapitän Scratch seine Bosheit austreiben. Das würde wahrhaftig ein Erlebnis werden.

Er kniff ein Auge nachdenklich zusammen. »Das ist der Beweis. Aye, du hast die Kraft der Geisterseher – Wetter und Wanten, wenn du ihn einmal gesehen hast, dann wirst du ihn auch ein zweites Mal sehen!«

Er begann zu kichern. »Es ist doch klar, er hat sich zwischen den Bäumen gezeigt, um uns in der Irre zu führen, mein Junge. Das ist doch sonnenklar. Es würde mich gar nicht verwundern, wenn der Schatz genau auf der anderen Seite der Insel verscharrt ist.«

Plötzlich erklang ein Schrei bei den Goldgräbern. »Da schlag einer lang hin!« stieß John Ringrose hervor. Er begann wie ein großer betrunkener Vogel herumzuspringen, der zu fliegen versucht. »Ich hab' ihn, Käpt'n! Aye! Da unten liegt eine Kiste!«

Die Seeräuber rannten alle zu ihm hinüber. Kapitän Scratch sprang von mir fort und wäre dabei fast über seinen Säbel gestolpert. Ich kroch ein wenig näher, damit ich besser sehen konnte.

»Das war doch der richtige Fleck!« sagte Kapitän Scratch lachend. »Sie ist es, sie ist es, Jungens!«

Und schon flog die Erde wieder in die Luft. In einem Anfall von Ungeduld nahm Kapitän Scratch einem der Männer den Spaten weg und begann selbst, die Kiste mit freizulegen. In jedem Augenblick wurde sie besser sichtbar. Ich war jetzt von einem eiskalten Schrecken wie gelähmt. Wie hatte ich nur meine Anweisungen so durcheinanderbringen können? Jetzt waren wir verloren, Jack Laterne und ich. Selbst im umgekehrten Zustand hatte ich sie genau zum Schatz gewiesen, und jetzt würde mich Kapitän Scratch nicht mehr brauchen. Mit jeder Schaufel Erde wurde meine Zukunft düsterer. Ich fühlte mich schon halbwegs ausgesetzt.

Während ich den Männern zuschaute, begann ich mich allmählich zu wundern, warum sie die Gebeine von Gentleman

Jack noch nicht entdeckt hatten. War er in Wirklichkeit gar nicht erschossen worden, oder war er nicht quer über die Schatzkiste gestürzt, so wie es Kapitän Scratch beschrieben hatte?

Nach ein paar Minuten lag die Kiste frei, und der Schatz war so schwer, daß die Kraft von vier Männern nötig war, um die Kiste aus dem Loch herauszuschleppen.

»Vorsichtig, Jungens!« sagte Kapitän Scratch. »Und jetzt herauf, Jungens, dann wollen wir's uns mal betrachten. Sieben Jahre ist es her, aye, sieben Jahre.«

»Das ist ja nur eine Seekiste«, sagte Ezra Fly.

»Nur eine Seekiste!« Kapitän Scratch schnitt eine Grimasse und wischte sich den Schweiß aus den Augen. »Aye, nur eine Seekiste. Ich hatte ganz vergessen, daß wir den Schatz in einer Seekiste vergraben haben. Und es müssen auch noch mehr da sein. Drei Kisten insgesamt.« Wieder flogen Sand und Erde durch die Morgenluft, aber mehr als diese eine eisenbeschlagene Seekiste konnten sie nicht finden. Meine Hoffnung begann wieder zu steigen. Das war nicht der Schatz von Gentleman Jack – er konnte es ja gar nicht sein. Donner und Doria, wir waren zufällig auf einen anderen Seeräuberschatz gestoßen.

»Je mehr, desto besser«, lachte Kapitän Scratch, »Gold ist Gold, sage ich immer, wir wollen es uns auf jeden Fall einmal anschauen.« Die Männer begannen jetzt in höchster Erregung, mit ihren Schaufeln und Spaten gegen das schwere Schloß zu schlagen. Aber es widerstand. Schließlich schob sich Kapitän Scratch mit seinem Säbel zwischen sie und versetzte dem Schloß einen kräftigen Hieb, wobei ihm die Spitze seiner Waffe abbrach. Er fluchte und befahl, die Kiste in das Schiff zu tragen. »Wir wollen sie an Bord aufstemmen, Kameraden. Aye, das ist das richtige.«

Ehe die Kiste an Deck gehievt worden war, brach der Abend herein. Der westliche Himmel glühte wie ein Schmiedefeuer und tauchte die Seeräuber in blutrotes Licht. Ned Knollennase suchte unter den Werkzeugen Hammer und Meißel heraus.

Ich versuchte wieder ganz vorsichtig, ein paar Schritte zu

machen, aber es schien mir immer noch, als ob ich über scharfe Glasscherben ging. So setzte ich mich gegen den Hauptmast und streckte meine Füße von mir.

Schließlich stießen die Männer um die Seekiste einen lauten Schrei aus. Das Schloß hatte endlich nachgegeben. »Tretet zurück«, befahl Kapitän Scratch, »nicht so dicht heran! Ha, nach dem Gewicht zu schließen, stecken so viel Gold und Perlen und Edelsteine unter dem Deckel, daß es euch blenden könnte. Aye, das ist, als ob man direkt in die Sonne schaut.«

Er kicherte, daß ihm seine gierigen Augen tränten, und dann schlug er den Deckel zurück. Selbst mein Herz machte einen Satz. Keiner von den Männern rührte sich. Sie starrten in die Seekiste, als ob sie der Anblick des Schatzes versteinert hätte. Ich kroch auf Händen und Füßen vorwärts, damit ich besser sehen konnte, und schaute durch Kannibals lange Beine hindurch.

Während er fassungslos in die Kiste schaute, stieß Kapitän Scratch jetzt ein entsetzliches Schnauben aus. »Gold! Juwelen!« Er fuhr mit beiden Händen in die Kiste. »Der Teufel soll ihn holen – ist das ein übler Piratenstreich!« Er hob schwarze Kugeln in der Größe von Äpfeln heraus. »Kanonenkugeln!« brüllte er. »Nichts als Kanonenkugeln! Wir sind genarrt worden, Jungens! Da habt ihr euren Schatz! Ich möchte zu gerne sehen, wie ihr diese eisernen Dublonen in London an den Mann bringt!« Er tobte vor Zorn und warf die Fünfpfünder hinauf zu einem Schwarm Möwen, die uns an der Luvseite schreiend und scheltend umkreisten. Die schweren Kugeln schossen wie Steine durch die Luft und stürzten mit einem großen Platsch ins Wasser. »Kanonenkugeln!« bellte er. Dann versetzte er der Kiste einen Tritt und stürmte für die Nacht in die Kabine.

John Ringrose schöpfte mir zwei Eimer Meerwasser, und ich aß mein Abendbrot mit einem Fuß in jedem Eimer. Ich wollte ihm gern zu verstehen geben, daß ich mit Jack Laterne im Bunde war, aber es schien sich immer irgend jemand in unserer Nähe herumzutreiben, und deshalb hielt ich meinen Mund.

Sobald die Dunkelheit hereinbrach, schoß Kapitän Scratch wieder aus seiner Kabine und verlangte zu wissen, wer die Gespensterwache hätte. Keiner gab ihm Antwort, und niemand meldete sich, aber zu seinem Pech tauchte Ringrose in diesem Moment hinter den Aufbauten auf. Der Kapitän erblickte ihn und befahl ihm, die Wache zu übernehmen.

»Aye, Käpt'n«, antwortete Ringrose so munter wie möglich, obwohl er ja in der vergangenen Nacht kein Auge hatte zumachen können. Bald darauf machte er schon seine Runden, schwenkte dabei eine Laterne und hielt nach nassen Fußstapfen Ausschau.

Weil es unten so heiß und stickig war, beschloß ich, die Nacht an Deck zu verbringen. Jibboom strich noch eine Weile um mich herum, rollte sich dann aber an der Reling zusammen. Sein eines Auge funkelte mich wie ein gelber Stern an. Er schien nichts mehr mit mir zu tun haben zu wollen, seitdem ich ohne ihn an Land gegangen war.

Es war für die Seeräuber ein harter Tag gewesen, und er hatte in einer Enttäuschung geendet. Einer nach dem anderen kroch in seine Koje, und nur John Ringrose drehte noch an Deck seine Runden. Ich beobachtete die Masttoppen, die vor den Sternen leise hin- und herschwankten, und dachte über das Gespenst nach. Wenn ich mich recht an das erinnerte, was ich gesehen hatte, so war es direkt aus der Erde emporgestiegen. Die Spukgestalt war nicht im geringsten so hin- und hergelaufen, wie es Kapitän Scratch angenommen hatte. Nein, Sir, ich hatte mein Messer schon ganz richtig in seine Richtung gesteckt. Und dort würde der Schatz sein.

Ich schlief ein, aber meine Fußsohlen weckten mich immer wieder auf. Auf dem Schiff war es ruhig geworden. Es zog an der Ankerkette, und die Planken knarrten und seufzten. Ich wollte mich jetzt mit John Ringrose unterhalten und wartete darauf, daß er auf seiner nächsten Runde an mir vorbeikam. Aber die Zeit verstrich, und er tauchte nicht auf.

Ich richtete mich halb auf meinen Ellenbogen auf und schaute umher. Da lag Jibboom in tiefem Schlaf neben der

Reling, und dort lehnte John Ringrose an einer Leiter und ruhte sich seine langen Beine aus. Er hing wie eine Marionette an den Sprossen, und die Lampe zwischen seinen Füßen brannte noch. Das, was ich dann sah, raubte mir vor Schreck fast den Verstand. Ich sah nasse Fußspuren.

Ihre blanke Spur führte quer über das Deck. Meine Augen folgten den Stapfen bis zu einer sonderbaren Gestalt, die tropfend und mit einem Messer zwischen den Zähnen im Schatten stand. John Ringrose starrte genau zu ihr hinüber – sah er sie denn nicht?

Jetzt kletterte noch eine zweite Schattengestalt vom Meer herein und schwang sich über die Reling. Die Haare sträubten sich mir. Natürlich konnte John Ringrose die beiden nicht sehen. Er konnte es wirklich nicht, aber ich war dazu imstande! Ich stieß einen Schrei aus.

»Wiedergänger!« schrie ich aus vollem Halse. »Seegespenster! Die Toten steigen aus dem Meer zu uns herauf!«

ZWÖLFTES KAPITEL

erzählt von der Nacht der Wiedergänger und auf welche Weise sie endete

Nur zwei Sekunden nach meinem Schrei zischte ein Messer durch die Luft, um mich zum Schweigen zu bringen. Es grub sich tief ins Holz und summte dicht neben meinem Ohr. Bis ich mich nicht selbst Alarm hatte rufen hören, war ich gar nicht so fest von der Existenz der Seegespenster überzeugt gewesen. Aber jetzt krochen sie vor meinen eigenen Augen aus der Gischt der See.

Ich schloß den Mund und rollte mich vom Messer weg. Meine Schreie hatten jedoch John Ringrose geweckt. Er war tatsächlich im Stehen eingeschlafen gewesen und nahm jetzt meinen Alarmschrei auf. »Wiedergänger!« schrie er und war schon außer Sicht.

Kaum hatte das Wort seine Lippen verlassen, da stürzte Kapitän Scratch schon aus seiner Kabine, während ihm der lange Zipfel einer Schlafmütze noch vor den Augen tanzte. Als er den gefürchteten Kriegsschrei hörte, wurde er bleich wie ein Bettlaken. »Seegespenster!« keuchte er, wankte zurück und schlug die Kabinentür zu. Unterdessen war auch die Mannschaft heraufgekrochen gekommen, aber als sie seinen Alarmruf hörten, stolperten sie wieder nach unten. Plötzlich waren alle still.

Das Meer klatschte friedlich gegen den Rumpf, und das Schiff stöhnte und knirschte in den Wanten. Mister Ringroses Laterne, die er am Fuß der Leiter stehengelassen hatte, leuchtete tröstlich und flackerte nur manchmal. Ich kroch unter eine Taurolle. Jibboom war von der Reling verschwunden.

Ich zählte vier Wiedergänger, und ein fünfter kletterte jetzt gerade aus dem Meer. Während er sich über die Reling schwang, tropfte ihm das Wasser von den Armen und von seinen kurzen Beinen. Er bot einen erschreckenden Anblick. Lange gelbe Haare klebten wie Seegras an seinem Schädel, und aus seinem großen Schnauzbart tropfte das Wasser. Seine Augen fuhren umher, bis er seine Kameraden im Schatten ausgemacht hatte.

»Well, da putz mir einer die Perücke!« sagte er und benahm sich dabei wie ein englischer Herzog. Wenn er vom Meeresgrund eine Schnupftabaksdose hätte mitbringen können, so hätte er jetzt sicherlich eine Prise genommen. Dann zirpte er mit einer hohen Grillenstimme: »Was steht ihr denn da herum? Hornochsen! Feiglinge! Ihr wartet wohl nur darauf, daß euch irgendein hundsgemeiner Genosse die Kehlen durchschneidet?«

»Das scheint hier keine sehr kampfeslustige Mannschaft zu sein«, bekam er zur Antwort.

»Aye«, flüsterte ein anderer, »dies ist ein Spukschiff!«

Ein dritter schrie leise: »Dios! Hier sind Wiedergänger an Bord, Compadre. Sí – ich kann ihre nassen Fußstapfen mit eigenen Augen sehen!«

»Spanischer Dummkopf!« explodierte der kleine Mann. »Das sind doch eure eigenen Fußtritte! Kämpft jetzt, ihr schlotternden Schneehühner! Greift an, ihr Gespenster fürchtenden Gänse! Auf zur Kapitänskammer!«

Bei diesen Worten sprang er aufs Deck. Da fuhr ein markdurchdringender Schrei durch die Nacht. Ich kannte den Laut sehr gut. Er war auf Jibbooms Schwanz getreten.

In mir waren zu diesem Zeitpunkt schon Zweifel über diese Gesellschaft von Wiedergängern aufgestiegen. Seegespenster?

Ein Gespenst hatte doch gar nicht genug Gewicht, um auf den Schwanz einer Katze zu treten! Meine mondsüchtigen Angstvorstellungen wichen wieder. Zum Donnerwetter! Das waren ganz normale Halsabschneider! Und sie wollten uns im Schlaf überfallen und umbringen.

Der Mann mit dem Schnauzbart rappelte sich wieder hoch. »Verdammte Katze!« zischte er. »Greift an, sage ich. Zur Kapitänskabine, marsch, marsch!«

Sie setzten sich gehorsam in Bewegung und blieben nicht mehr ängstlich am gleichen Fleck stehen. Ich kroch um die Deckaufbauten herum und hatte die Absicht, die Mannschaft vor dieser neuen Gefahr zu warnen, aber als ich den Niedergang erreicht hatte, stellte ich fest, daß sie die Schotten dichtgemacht hatten. Ich hämmerte mit der Faust dagegen, aber niemand rührte sich. Die Männer unten mußten denken, daß es die Wiedergänger waren, die jetzt zu ihnen hinabsteigen wollten.

Ich gab es auf und kroch wie eine Krabbe über das Deck. Die Angreifer hatten jetzt die Kapitänskabine aufs Korn genommen. Ich blieb hinter der Kiste mit den Kanonenkugeln hocken und sah zu, wie sie sich mit den Schultern gegen die Tür warfen. Das Schloß barst, und sie stürzten Hals über Kopf in die dunkle Kabine. Der Kapitän hatte offensichtlich seine Nachtlaterne gelöscht, um sich im Dunkeln zu verbergen.

Und dann begann sich direkt vor meiner Nase der Deckel der alten Seekiste langsam, langsam in ihren rostigen, quietschenden Scharnieren zu heben. Mir verschlug es vor Schreck den Atem. Irgend etwas kam aus der Kiste gekrochen. Ich war so gelähmt vor Angst, daß ich mich nicht einmal bewegen konnte. Eine magere knochige Hand hob den Deckel, als ob sie einen Sarg aufstemmte. Ich konnte nur zuschauen und keuchen.

Und dann stellte ich fest, daß ich in das erschrockene Gesicht von John Ringrose starrte.

»Sie!« schluckte ich.

»Du!« stammelte er, denn ich hatte ihn in seinem Versteck

genauso erschreckt wie er mich. Es war wirklich fast unglaublich, daß er sich über den Kanonenkugeln so hatte zusammenkrümmen können.

»Schnell, Sir!« sagte ich. »Das sind keine Wiedergänger – es sind Halsabschneider!«

»Nein, nein, Söhnchen«, krächzte er und zog den Deckel schnell wieder über sich zu.

»Sehen Sie doch selbst!«

Die Schurken waren unterdessen wieder auf Deck aufgetaucht und zerrten Kapitän Scratch mit sich. In dem Handgemenge war ihm die Nachtmütze übers Gesicht gerutscht.

»Da schlag einer lang hin!« stieß Ringrose hervor, während er zu ihnen hinüberschaute. »Nanu, das sind ja – das sind ja einfach Piraten!«

»Ich glaube, es sind Spanier.«

Er riß den Mund auf. »Spanier?«

»Wenigstens einer von ihnen. Sie wollen das Schiff nehmen.«

»Spanier!« Das Wort schien wie ein Schlachtschrei Leben in ihn zu bringen. Ich hatte ihn noch niemals sich so schnell bewegen sehen. Er schwang sich aus der Kiste und stellte fest, daß ihm die Pistole aus dem Gürtel gerutscht war. Er vergeudete aber keine Zeit mehr mit der Suche, sondern streifte sich geschwind seine langen Leinwandhosen ab.

Da sich Kapitän Scratch von Wiedergängern gefangen wähnte, leistete er überhaupt keinen Widerstand. Er ließ sich wie einen Blinden hin- und herzerren, schlotterte am ganzen Leibe und stieß hinter seiner Nachtmütze unzusammenhängende Sätze aus. »Habt ihr mich endlich doch entdeckt, Schiffskameraden!« wimmerte er mit einer durch die Mütze erstickten Stimme. »Bist du es, Dick? Und bist du es, Ben? Aye, ich hab's gewußt, daß ihr mich holen werdet. Du auch, Timothy. Ich hab' euch jede Nacht erwartet, Schiffskameraden. Ihr wollt mich bestrafen, nicht wahr? Aye, ich verdiene es auch. O ja, ich verdiene es ganz gehörig. Ach, und ich bereue es so, was ich getan habe, daß ich euch, meine treuen Gesellen, über die Planke gejagt habe.«

»Putz mir die Perücke!« sagte der Anführer der Räuber erstaunt. »Was schwatzt der Tattergreis da vor sich hin? Bindet ihn, meine Bären. Hängt ihn an die Rahe! Das wird der Mannschaft zeigen, mit wem sie es zu tun hat!«

Was Ringrose vorhatte, konnte ich mir nicht erklären. Er hatte in sein eines Hosenbein einen Knoten gemacht und verknotete jetzt auch das zweite.

»Aber könnt ihr das denn nicht einsehen, Schiffskameraden, ich mußte es doch tun«, brabbelte Kapitän Scratch weiter, »ihr habt doch mein Geheimnis gewußt, jeder einzelne von euch. Aye, ihr habt doch alle drum herumgestanden, als wir den Schatz versenkten. Und ihr seid Zeugen meiner schrecklichen Tat gewesen, ihr habt gesehen, wie ich unserem Kapitän eine Kugel ins tapfere Herz schoß. Ihm, der der Beste von uns allen war. Aye, und dann habe ich mich zum Kapitän ernannt.«

Ich riß die Augen auf. So hatte sich also alles zugetragen! Kapitän Scratch selbst hatte Gentleman Jack ermordet. Das erklärte natürlich, warum er nicht ruhig in seinem Grabe liegen konnte. Er war noch nicht gerächt worden! Noch konnte er keine Ruhe finden, denn Kapitän Scratch war noch nicht bestraft worden. Zum Donner, er verdiente es wahrhaftig, an die Rahe geknüpft zu werden. Aber wenn ihm jetzt seine Strafe von den Händen dieser blutdürstigen Verbrecher zuteil werden würde, dann wäre Gentleman Jack auf der Stelle gerächt. Verflixt – und dann mußte er nicht mehr über die Insel spuken. Meine Taschenmessermarkierung war dann umsonst gewesen, nie wieder würden Schwefeldünste aufsteigen, und nie wieder würde die glimmende Spukgestalt den Platz verraten, an dem der Schatz begraben lag. Er würde für immer und ewig verborgen bleiben.

Während mir diese Gedanken durch den Kopf schossen, hatte Mister Ringrose in jedes Hosenbein eine Kanonenkugel gesteckt. Die Knoten bewirkten, daß die Kugeln nicht hindurchkullerten. Er schien so vertieft in seine Vorbereitungen zu sein, daß er der Beichte von Kapitän Scratch gar keine Aufmerksamkeit schenkte.

Aber jetzt sprang er auf und begann, die beschwerten Hosen um seinen Kopf kreisen zu lassen. Dann ließ er sie fahren. Die Leinenhose flog durch die Luft, und ihre langen Beine schlangen sich wie ein Lasso um die Halsabschneider.

»Spanier! Spanier, Käpt'n!« rief Ringrose. »Es sind Spanier, die Sie gefangen haben.«

Dieser Ruf riß Kapitän Scratch wieder aus seiner panischen Benommenheit heraus. Er war zwar mit seinen Gegnern zusammen wie ein Büschel Karotten eingeschnürt, aber jetzt stieß er ein röhrendes Brüllen aus und riß sich die Schlafmütze vom Kopf.

»Spanier!«

Sie befreiten sich aus der Umklammerung von John Ringroses Hosen, und Messer blitzten auf. Kapitän Scratch packte einen der Kerle am Schlafittchen und warf ihn in die anderen hinein. Zur gleichen Zeit begann John Ringrose, Kanonenkugeln über das Deck rollen zu lassen, als ob er Murmeln spielte. Ich kroch ihm zu Hilfe. Die Halsabschneider hatten jetzt nämlich keine Ruhe mehr. Sie mußten immer wieder in die Höhe springen, als ob das Deck in Flammen stünde. Kapitän Scratch warf den ersten über Bord und dann den nächsten. Ein dritter versuchte zu entkommen, aber Ringrose ließ so viele Kanonenkugeln quer über seinen Fluchtweg kullern, daß er buchstäblich ins Meer stürzte. Der vierte sprang schon ganz von selber über Deck.

In ihrem Anführer steckte jedoch mehr Mut und Kampfeskraft als in allen vier Männern auf einmal. Kapitän Scratch konnte ihn in der Dunkelheit nicht erwischen und angreifen. Der kleine Mann sprang wie ein Floh hin und her, wobei er ein Messer in der Hand und eins zwischen den Zähnen hielt. Kapitän Scratch griff wie ein rasender Bulle an und stieß immer in die leere Luft. Schließlich erwischte er den Kerl bei den Beinen, als er sich zur Reling retten wollte. Und dann brachte die letzte Kanonenkugel, die ich selbst über Deck gestoßen hatte, Kapitän Scratch zu Fall. Im nächsten Moment war der kleine Mann über ihm und hob das Messer zum

Stoß. Das Licht der Laterne warf ein gespenstisches Licht über ihre Gesichter.

»Harry Scratch!« keuchte der kleine Mann, und die Hand mit dem Messer blieb wie erstarrt in der Luft.

Im gleichen Moment erkannte auch Kapitän Scratch den Mann, mit dem er kämpfte. »Der Teufel soll mich holen!« brüllte er. »Das ist ja Billy Bombay!«

DREIZEHNTES KAPITEL

in dem wir wieder dreizehn sind

Billy Bombay! Ich betrachtete den grillenhaften kleinen Mann, der wie ich ein Geisterseher war, mit schierem Erstaunen. Eben hatten sie noch auf Tod und Leben miteinander gekämpft, und jetzt brachen die beiden Seeräuber in ein gewaltiges Gelächter aus.

»Putz mir die Perücke!« sagte der eine.

»Da brat mir einer einen Storch!« schrie der andere.

»Ich hab' dich nicht mehr zu Gesicht bekommen, seitdem wir gemeinsam vor der Pfefferküste gekreuzt sind!«

»Aye – das sind zehn Jahre, fast genau auf den Tag, Billy. Und dabei habe ich alle sieben Meere nach dir durchforscht. Ja, wahrhaftig. Wie eine Stecknadel hab' ich dich gesucht. Und jetzt bist du es, der mich gefunden hat!«

»Fürwahr – noch eine Sekunde, dann hätt' ich dir die Kehle durchgeschnitten!«

»Unsinn!« grölte Kapitän Scratch und grinste durch seinen wilden Bart. »Noch eine halbe Sekunde, dann hätte ich dir den Hals umgedreht!«

»Na, na!«

»Du verdammtes kleines Schlitzohr, wir haben euch für Spanier gehalten!«

Auf diese Weise wurde Billy Bombay wieder an seine

Kameraden erinnert. Er ergriff die Laterne und hielt sie über die Reling. »He, ho! Kameraden!« schrie er. »Ist da unten noch einer von euch? Antwortet!«

Aus dem Wasser kam keine Antwort.

Kapitän Scratch brüllte ein Kommando über Deck. »Laßt das Boot herab! Verdammt! Wo stecken die Feiglinge, die dieses Schiff segeln?«

»Für das Boot ist es zu spät!« seufzte Billy Bombay. Er hatte die Hand hinters Ohr gelegt und lauschte in die Nacht. »Sind wohl wie die Steine ins Wasser geknallt. Können genauso wie ich keinen Schlag schwimmen. Mögen ihre lieben Seelen in Frieden ruhen – hast du Rum an Bord, Harry?«

»Schiffsjunge!« bellte Kapitän Scratch. »He, John – Rum für unseren Gast.«

»Aye, Käpt'n«, antwortete Ringrose. »Ich könnte selbst einen Tropfen vertragen.«

»Gott bewahre mich, John, seit wann trinkt ein Schiffsjunge mit Gentlemen? Und wieso stehst du da mit bloßen Beinen herum? Glaubst du, du wärst ein Storch? Wo sind denn deine Hosen?«

»Nun, sie haben Ihnen das Leben gerettet, Käpt'n.«

»Hat man schon einmal solchen Unsinn gehört? Hol den Grog, du hirnlose Vogelscheuche!«

Die Kanonenkugeln waren größtenteils in die Speigatts gerollt und von dort nacheinander ins Meer gefallen. Mister Ringrose hob seine Leinenhose wieder auf und entknotete die Hosenbeine. Aus jedem Bein polterte ein Fünfpfünder heraus, kollerte über das Deck und folgte den anderen in die Tiefe.

»Bei meiner Perücke! Du heißt also jetzt *Kapitän* Scratch!« sagte Billy Bombay und grinste. »Sieh mal einer an! Als wir noch miteinander gesegelt haben, da warst du nur ein Kielschwein.«

»Aye, Billy. Ich habe mich emporgearbeitet. Jetzt bin ich ein Gentleman – denk mal, ich kann fast meinen eigenen Namen schreiben. Und wie bist du hierhergekommen? Liegt dein Schiff hier irgendwo in der Dunkelheit?«

»Schiff?« fragte der kleine Mann mit finsterem Blick und begann seinen langen Schnurrbart zu zwirbeln. Er begann dann zu erzählen, daß er und seine Kameraden samt einem fahnenflüchtigen Spanier aus dem Gefängnis auf Hispaniola entkommen waren. Sie hatten sich heimlich aus einer umgestürzten Zeder einen Einbaum geschnitzt und Kurs auf diese Insel genommen. Sechs Tage waren sie auf See gewesen. Am Abend des letzten Tages hatten sie nicht nur die Insel, sondern auch ein ankerndes Schiff gesichtet. So hatten sie beschlossen, uns zu entern. Billy Bombay fürchtete, daß wir ihren Einbaum ausmachen würden, und hatte seinen Männern deshalb befohlen, auszusteigen und das Boot kieloben zu legen. Sie hatten es dann wie einen treibenden Baumstamm vor sich her geschoben und waren im Schutze der Nacht zu uns herangerudert. Sie hatten den ganzen Abend neben uns gelegen und geduldig darauf gewartet, daß es auf dem Schiff ruhig würde. Als Billy Bombay davon überzeugt war, daß unsere Mannschaft schlief, gab er den Befehl, zu entern und anzugreifen. Aber zuerst hatte er den Einbaum leck geschlagen und sinken lassen – das sollte seine Männer anspornen. Es sollte keinen Rückzug geben. Sie mußten siegen oder sterben.

»Aber ach, sie bildeten sich ein, daß die Seegespenster auf dem Schiff herumspukten und ließen sich von ihrem eigenen Schatten erschrecken.«

»Seegespenster!« spottete Kapitän Scratch, als ob er sich soviel Torheit gar nicht vorstellen könnte. »Auf meinem Schiffe Wiedergänger? Wo ich doch keinem auch nur ein Haar krümmen könnte, der die See liebt wie ich!«

Billy Bombay kniff ein Auge zusammen und lachte. »Du? Na, hör mal, du hast dich doch selbst wie eine Maus in deiner Koje versteckt gehabt, als wir dich überfallen haben? Wenn du nicht so mit deinen Zähnen geklappert hättest, dann hätten wir dich überhaupt nicht gefunden!«

»Im Bett versteckt! Ach was – ach was! Ich nachtwandle nur manchmal. Du kannst alle meine heiligen Eide darauf nehmen, daß das stimmt. Ja, und dabei habe ich meistens auch noch

Fieber! Ach – wenn einen der Schüttelfrost so packt und beutelt, dann muß der stärkste Mann mit den Zähnen klappern. Und ich sage dir, Billy, in diesen Breiten ist das Fieber ganz besonders schlimm.«

»Und was hast du da geredet? Von Männern, die über die Planke gehen mußten und von Mord?«

»Ach, das sind nur so Geschichten. Ich sag' dir doch, bei diesem höllischen Fieber redet man im Schlaf. Aber als ich dann aufgewacht und wieder zu mir gekommen bin und als ich merkte, daß ihr mich aufknüpfen wolltet, da bin ich wild geworden! Es ist wahrhaftig ein Wunder, daß du noch lebendig hier vor mir stehst.«

»Na, na!«

»Habe ich dich vorhin richtig verstanden, daß ihr Kurs auf diese Insel genommen habt?«

»Genau auf diese.«

Kapitän Scratch zog listig die Augenbrauen zusammen. »Nanu, hier gibt's aber doch nichts zu finden, Mann. Nichts außer Seeschildkröten, Schweinen und Bananenstauden.«

»Und einen Schatz«, murmelte Billy Bombay überlegen, er hatte sich seine Bartspitzen unterdessen so lang und so spitz wie Hutnadeln gezwirbelt.

Mißtrauen überzog Kapitän Scratchs Gesicht. Ich konnte leicht erraten, was er jetzt dachte. Wußte Billy Bombay schon von Gentleman Jacks Geist? War er deshalb gekommen, um die Kisten mit dem Schatz selber auszugraben?

»Einen Schatz, hast du gesagt?«

»Genug für uns beide. Du hast ein Schiff unter den Füßen, also will ich mit dir teilen, Harry. Ich verlange dafür nichts als die sichere Heimfahrt nach Tortoga.«

Kapitän Scratch blies sich auf wie ein Ochsenfrosch, und ich dachte schon, er würde platzen. »Du willst mit mir teilen, du Bettler? Du kannst froh und glücklich sein, daß ich dich nicht aufschlitze und den Fischen zum Fraße vorwerfe! Ich habe deine verdammten Augen gar nicht nötig, um den Geist zu entdecken. Ich habe selber einen Geisterseher an Bord.«

»Geist? Von was für einem Geist sprichst du?«

Kapitän Scratch klappte seinen Mund zu. Und dann kniff er neugierig die Augen zusammen. »Schatz? Von was für einem Schatz sprichst du denn?«

»Spanische Beute. Ich habe sie selbst in einer alten Seekiste vergraben, und sie hat lange Jahre auf mich gewartet.«

»Eine Seekiste, hast du gesagt?«

»Aye.«

Unterdessen war John Ringrose mit einem Arm voll Rumflaschen von unten wieder heraufgekommen, aber Kapitän Scratch schob ihn zur Seite. Er hob die Laterne auf und führte Billy Bombay zu der Seekiste, die jetzt offen und leer mitten auf dem Deck stand.

»Ist das die Kiste?« fragte Kapitän Scratch.

Billy Bombay fuhr mit seinen Händen über die Kiste und starrte dann zu Kapitän Scratch hinauf. »So hast du sie also schon gefunden, was?«

Kapitän Scratch brach in Gelächter aus. »Haben dir die Spanier den Verstand aus dem Schädel geprügelt, Billy? In dieser Kiste lagen nur Kanonenkugeln!«

»Lauter Fünfpfünder, weiter nichts«, bestätigte John Ringrose und grinste, »aye, die haben wir über Deck gerollt, Oliver und ich, um euch in die Höhe zu jagen.«

»Kanonenkugeln!« schrie Billy Bombay und begann in verzweifeltem Zorn auf- und abzuspringen. »Fünfpfünder! Dummköpfe! Strohschädel! Könnt ihr denn angelaufenes Silber nicht von Eisen unterscheiden? Sie waren aus Spanischem Silber! Aus reinem Silber, das schwöre ich euch. Ich hatte sie selber eingeschmolzen und in Form von Kanonenkugeln gegossen, um Diebe irrezuführen! Ein Vermögen in Silber habt ihr erwischt, und das habt ihr ins Meer rollen lassen!«

Kapitän Scratch verdrehte die Augen und stieß einen zischenden Seufzer aus. Dann bekam er einen solchen Wutanfall, daß ich schon dachte, er würde uns beide ins Meer werfen. Wir hatten im tiefen Wasser geankert, und deshalb bestand keine Hoffnung, den Silberschatz wieder heben zu können. »Ringrose! Hornochse!« brüllte er und vergaß dabei ganz und gar, daß er es selber gewesen war, der die ersten beiden Kanonenkugeln nach den Möwen geworfen hatte. »Da siehst du, was du angerichtet hast! Mir aus den Augen, ehe ich vergesse, daß ich ein Gentleman bin.«

Er hatte schon vollkommen vergessen, daß wir ihm das Leben gerettet hatten, aber John Ringrose entschied, daß es sinnlos sei, ihn in diesem Zustand daran zu erinnern. »Aye, Käpt'n«, antwortete er, »ich werde mich an Land begeben, da wir ja jetzt wieder dreizehn an Bord sind.«

»Pack dich!«

»Ich gehe auch«, sagte ich, »ich habe genauso viel Schuld wie Mister Ringrose.«

»Schweig! Du bleibst an meiner Seite, wo du hingehörst!« Er kniff ein Auge zusammen und begann, seinen Bart zu strählen, »aye, mit dir und Billy Bombay können wir jetzt den Schwefelgeist in die Zwickmühle nehmen.«

Ringrose zog sich schleunigst zurück. Er ging hinunter, um seine Seekiste zu holen. Kapitän Scratch und Billy Bombay suchten alle Decks ab, aber sie konnten keine einzige Kanonenkugel mehr finden. Dann sammelten sie statt dessen die Rumflaschen ein und zogen sich ins Kapitänsquartier zurück, wobei sie grölten und schworen, ihre Enttäuschung zu ersäufen.

Jibboom strich mir um die Beine, zuckte vorwurfsvoll mit seinem verletzten Schwanz und machte einen Buckel, damit ich ihn kraulte. Ich glaube, wir machten uns immer gegenseitig heimwehkrank. Wir schnurrten und flüsterten leise miteinander, und dann tauchte John Ringrose mit seiner Seekiste auf der Schulter im Aufgang auf. Er ließ ein Boot ins Wasser und warf die Strickleiter über Bord. Ich konnte meine Füße immer noch nicht gebrauchen, aber ich schaffte es, bis zur Reling zu kommen.

»Mister Ringrose«, sagte ich ruhig.

»Aye, mein Söhnchen«, er hatte ein Tau um seine Seekiste geschlungen und begann jetzt, sie in das Boot hinabzulassen.

»Ich habe mich mit Jack Laterne verbündet.«

»Was?«

»Ich weiß, daß er an Land ist.«

»Nanu – da schlag doch einer lang hin!«

»Und ich habe Gentleman Jack wirklich gesehen«, flüsterte ich, »nur nicht da, wo ich es gesagt habe. Sagen Sie Jack Laterne, daß ich mein Messer in die Erde gestoßen habe, um die richtige Richtung anzugeben. Sagen Sie ihm außerdem, daß er von dort etwa 20 Schritt geradeaus gehen muß. Dort muß der Schatz liegen.«

Sein Kopf schoß zu mir herum. Das Tau glitt ihm durch die Hände, und die Seekiste krachte in das Boot. Sein Mund klappte auf. Ich hatte ihn noch niemals so verblüfft gesehen. Dann fing er an, langsam in seiner Tasche herumzukramen und drückte mir schließlich etwas in die Hand, was mir auf den ersten Blick ein dunkler kurzer Zweig zu sein schien. »Und ich hab' gedacht, es wäre dir aus der Tasche gefallen«, stöhnte er. »Ich hab' es dir immer schon zurückgeben wollen.«

Es war mein Taschenmesser.

VIERZEHNTES KAPITEL

in welchem allerlei Dinge – wieder in mehr als einem Sinne – ans Licht kommen

Zwei Tage und zwei Nächte lang rührte sich Kapitän Scratch kaum aus seiner Kabine, es sei denn, daß er nach mehr Rum schrie. Meine Füße hatten die Folgen der Bastonnade überstanden, und in der Nacht darauf wanderte ich schon wieder in Gesellschaft von Billy Bombay über die Insel. Kapitän Scratch hatte einen solchen Brummschädel, daß er noch an Bord bleiben mußte. Er winkte uns schwach in unserem Boot nach und gab uns als letztes zu verstehen, daß derjenige, der Gentleman Jack zuerst sehen würde, seinen Anteil am Schatz erhalten sollte.

»Aye«, schnarrte er, »und der andere – na, den anderen werfen wir zu den Fischen.«

»Immer gerecht«, stimmte Billy Bombay zu, der genauso übernächtigt wie der Kapitän aussah und ebensolche blutunterlaufenen Augen hatte. Er musterte mich mit einem unbestimmten Lächeln. »Einer von uns zieht den Kürzeren.«

»Ja, Sir«, murmelte ich.

»Du bist also genau wie ich um Mitternacht geboren. Wie viele Geister hast du denn schon gesehen?«

»Einen, bis jetzt«, antwortete ich.

»Ach du liebe Zeit! Ich sehe sie meistens in ganzen Schwärmen um mich herum hüpfen. Ich brauch' nur ein einziges Auge aufzumachen, wenn ich sie sehen will. Gegen mich kommst du nicht an! Es tut mir leid, mein Junge, aber ich muß dir das sagen.«

Ich antwortete ihm nicht. Mir war ziemlich klar, daß er sich mit seinen Reden Mut machen wollte. Er hatte sich seine gelben Strähnen so schön wie möglich zurechtgebürstet, und er strich sich immer wieder über die Schnurrbartspitzen, um sich davon zu überzeugen, daß sie auch richtig saßen, aber der Grog umnebelte ihm immer noch das Gehirn. Er war gar nicht davon überzeugt, daß er den Geist als erster sehen würde, und er fühlte sich deshalb verteufelt unsicher. Es bestand auf jeden Fall kein Zweifel darüber, daß wir Todfeinde waren.

Ich wünschte plötzlich, daß ich Jibboom mitgenommen hätte. Wenn das Schlimmste eintreten würde, konnte ich wahrscheinlich gar nicht mehr aufs Schiff zurückkehren.

Als wir gelandet waren, befahl Billy Bombay den anderen Männern, die uns begleitet hatten, in der Bucht zu bleiben. »Ich hab' keine Lust, mich von einer Horde Trampeltiere stören zu lassen. Wenn man einen Geist erwischen will, dann darf man keinen Laut von sich geben.«

Darauf setzten wir beide uns in Richtung auf den Wald in Marsch. Ich beschloß, Billy Bombay zu entschlüpfen, ehe er mich im Schatten der Bäume erdrosseln würde. Donner und Doria – das war doch sicher der einzige Grund, warum er die anderen Seeräuber nicht in der Nähe haben wollte. Er würde es gar nicht darauf ankommen lassen, daß ich den Geist zuerst sah. Der Verrat stand ihm auf der Stirn geschrieben: Er wollte mich so schnell wie möglich erledigen. Ich schaute mich nach John Ringrose um. Ich konnte aber nur noch das Schiff sehen, das hoch und trocken am Strand lag.

»Hier entlang, Junge«, sagte Billy Bombay.

Ich sprang zur Seite. Er stakte weiter geradeaus, und dann muß er sich umgedreht haben, um sich auf mich zu werfen und mich zu beseitigen. Aber ich war nicht mehr da. Ich konnte ihn in der Dunkelheit zischen und schnaufen hören: »Bei meiner Perücke! Bei meiner Perücke!« Ich machte mich auf den Weg zu jenem kleinen Tal, wo die Kiste mit den silbernen Kanonenkugeln ausgegraben worden war. Dort hatte ich Gentleman Jack herumspuken sehen, und dort wollte ich ihn wieder aufzustöbern versuchen. Ich schlüpfte unter einen Busch, da sprang mir etwas daraus entgegen.

Mein Herz machte einen Satz. Es sah so aus, als ob ein Baumstamm lebendig geworden wäre. Jetzt brach es dunkel und schnaubend durch das Unterholz. Dann war es verschwunden, aber ich wußte, was es gewesen war. Ich hatte den Unterschlupf mit einem Wildschwein teilen wollen. Ich schnappte nach Luft, und als ich nicht mehr so stark schlotterte, kroch ich auf einen Baum. Dort oben fühlte ich mich wieder sicherer. Außerdem konnte ich gut nach allen Seiten Ausschau halten. Hier oben wollte ich auf Gentleman Jack warten.

Ich hoffte außerdem, daß entweder John Ringrose oder Jack Laterne auftauchen würde. Sie mußten eigentlich hier irgendwo in der Nähe nach dem Schatz graben, denn sie wußten ja, daß dies die Stelle war, wo ich den Geist gesehen hatte. Aber die Stunden verstrichen, und unter mir rührte sich nichts außer ein paar Glühwürmchen, die von Zeit zu Zeit wie Funken durch die Finsternis schwirrten. Allmählich beschlich mich die Sorge, daß ihnen etwas zugestoßen sein könnte. Und dann sah ich so plötzlich, daß ich fast vom Baum gefallen wäre – Gentleman Jack!

Die Augen müssen mir fast aus dem Kopf gefallen sein. Er sah schauerlich aus, er glühte überall, und er trug einen blutroten Rock und einen breitrandigen Hut mit einer langen Feder. Er schwebte wie ein Feuerball durch den Dschungel, und ehe ich mir darüber klarwerden konnte, was ich tun sollte, rutschte ich den Stamm hinab. Die Grillen zirpten so laut, daß es klang, als ob ein Skelett mit seinen Knochen klapperte. Endlich hatte ich Gentleman Jack vor Augen, und ich war fest entschlossen, mich an seine glühende Fersen zu heften. Er würde mich direkt zum Schatz führen.

Er ging gar nicht weit. Er versteckte sich zuerst hinter einem Baum, dann sprang er auf eine Felsplatte, als ob es ihm ganz gleichgültig sei, ob ihn jemand sähe, und begann gemessen hin- und herzuschreiten. Ich kroch ein Stück näher, während mir der kalte Schweiß ausbrach, und schob einen Zweig beiseite, um ihn besser beobachten zu können. Plötzlich hob er einen Arm und streckte seinen langen Finger aus.

»Hört mir zu«, sagte er mit tiefer grimmiger Stimme, »fort mit euch, ihr Schurken!« Meine Knie wurden gummiweich. Er deutete fast genau auf mich – allerdings nicht ganz genau. Da mußte jemand zwischen den Bananenstauden rechts neben mir stecken. Vielleicht Billy Bombay? Jack Laterne? Oder John Ringrose? Wenn die Grillen nicht so laut gelärmt hätten, dann hätten mich meine schnatternden Zähne sicher verraten.

»Hebt euch hinweg, sage ich!« schnarrte er mit drohend gerecktem Zeigefinger. Die Straußenfeder auf seinem Hut funkelte wie mit Diamanten besteckt. Das Geisterlicht flackerte um ihn, als ob ihn der leichteste Windhauch wie eine Kerze ausblasen werde.

»Seht doch!« ertönte es mit einem gräßlichen Stöhnen aus den Bananenstauden. Und dann stolperte Billy Bombay wie vom Blitz getroffen aus den Dschungelbüschen und rannte so dicht an mir vorbei, daß ich ihn genau erkennen konnte. Er war vor Schreck fast außer sich und hatte den Mund weit aufgerissen, ohne daß ein Ton über die Lippen kam. Im Nu war er vorbei und verschwunden.

Ich hielt dagegen aus. Ich wollte derjenige sein, der Gentleman Jack wieder ins Grab zurückschlüpfen sah. Aber er dachte nicht daran, sich zu rühren, er senkte nur den Arm. Und dann legte er die Hand hinter das Ohr, als ob er meine Zähne klappern hörte und schien genau in meine Richtung zu starren. Mein Herz blieb buchstäblich stehen.

Und dann stieß er ein Gelächter aus, ein schnelles gackerndes Gelächter. »Genug, Oliver. Komm heraus, mein Sohn.« Er riß den Hut vom Kopf und machte vor mir eine Verneigung.

Es war John Ringrose. Nur einen Augenblick später tauchte auch Jack Laterne auf, der sich vor Lachen nur so krümmte. »Hast du gesehen, wie Billy gerannt ist? Der hat bestimmt noch nie einen Geist gesehen!«

Mister Ringrose glühte immer noch, und ich versuchte vergeblich, meine zitternden Glieder wenigstens für einen Augenblick wieder in die Gewalt zu bekommen. Ringrose begann seine Jacke abzuklopfen und aufzuknöpfen. »Die Biester sind mir in den Hals gekrochen«, beschwerte er sich dabei.

»Glühwürmchen«, erklärte mir Jack Laterne. »John und ich haben sie von den Unterseiten der Blätter zusammengesammelt. Aye, John ist jetzt so wurmig wie ein Apfel.«

Mister Ringrose hatte sich unterdessen die rote Jacke ausgezogen, und als er sie auf die Erde warf, flammte sie auf, als ob sie in Brand stünde. »Helft mir doch, sie wieder loszuwerden!« rief er, während er wie im Veitstanz zuckte. »Die Kerle krabbeln mir jetzt den Rücken 'runter!«

Wir lasen ihm Wurm für Würmchen die Geisterglut wieder ab, aber ich war von großer Sorge erfüllt. Billy Bombay würde dem Kapitän jetzt schwören, daß er den Geist gesehen hatte, und sie würden keine Zeit verlieren, mich loszuwerden.

»So steht das Spiel also jetzt«, sagte Jack Laterne, als ich ihm die Situation erläutert hatte. »Aber du hast immer noch einen Trumpf im Ärmel stecken, mein Junge. Siehst du das denn nicht ein? Als John mir erzählte, daß Billy Bombay aufgetaucht sei, da durften wir doch nicht darauf warten, daß er uns mit Gentleman Jack schlüge! Deshalb haben wir ihm hier mit ein paar Stücken aus Johns Seekiste ein kleines Willkommen bereitet. – Wenn man die sieht, muß John damit gerechnet haben, mindestens Admiral zu werden. Und kannst du dir jetzt Kapitän Scratchs Gesicht vorstellen, wenn ihn Billy zu dieser Felsenklippe zurückführt? Ich wette, daß er Billy Bombay auf der Stelle in Stücke haut!«

»Aber ich habe Gentleman Jack wirklich gesehen«, stieß ich hervor, »nicht weit von der Stelle, an der die Kanonenkugeln vergraben waren.«

»Ach nein, Kleiner. Das ist nur eine Handvoll von diesen Würmchen gewesen, die du gesehen hast – Cochinillas, wie sie die Spanier nennen. Ich konnte Hadschi in jener Nacht doch nicht ungestört weiter auf deinen Fußsohlen herumdreschen lassen, oder? Ich hatte mir schon gedacht, daß du losschreien würdest, wenn du auch nur ein Fünkchen aufglimmen sehen würdest. Ich brauchte allerdings eine Weile, ehe ich eine Handvoll von diesen Würmern zusammengesammelt hatte, denn sie sind auf dieser Insel nicht sehr zahlreich. Sonst hättest du nicht so lange an den Füßen hängen müssen. Ich hab' mich auf jeden Fall wieder zurückgeschlichen und hab' die Glühwürmer für dich in die Luft geworfen. Wenn man ihnen einen Schreck einjagt, dann leuchten sie besonders hell. Und jetzt bleibst du friedlich bei uns, Kleiner, und wir warten zusammen auf Kapitän Scratch, der ja bald den Felsen besichtigen kommen wird.«

Aber Kapitän Scratch ließ sich nicht blicken. Die Nacht verstrich, und es war schon eine Stunde nach Tagesanbruch, als wir das Ruderboot wieder auf die Bucht zuhalten sahen. Kapitän Scratch und Kannibal gingen an Land. Billy Bombay war gar nicht dabei.

»Oliver!« schrie Kapitän Scratch. »Wo bist du, Junge?«

Ich warf Jack Laterne und Mister Ringrose einen Blick zu und hielt den Mund.

»Oliver! Du hast es dir doch nicht zu Herzen genommen, oder? Du hast doch nicht etwa gedacht, daß ich wirklich meine, was ich sage! Daß ich dich zu den Fischen werfen will! Das war doch nur ein Spaß, Junge. Versteckst du dich etwa vor mir? Vor mir, der ich es doch nur gut mit dir meine? Oder hast du Angst vor Billy Bombay? Guter Gott, er ist uns zu gar nichts nütze. Er hat die Sprache verloren, ja wahrhaftig. Rennt auf dem Schiff herum, als ob ihm eine Kokosnuß auf den Schädel gefallen sei. Wo steckst du denn, Junge?«

Er ging ein paarmal am Ufer auf und ab, und als ich nicht antwortete, gab er Kannibal einen Wink. Mein Herz machte einen Satz, denn mich packte ein schrecklicher Verdacht, als ich sah, wie sich der Wilde in das Boot beugte und einen Segeltuchsack herausholte.

»Junge, ich geb' dir genau 60 Sekunden. In dem Sack steckt deine Katze, und wenn du nicht willst, daß ich ihr den Hals umdrehe, dann mußt du sie dir holen.«

FÜNFZEHNTES KAPITEL

in dem es von interessanten Begebenheiten nur so wimmelt

Der Anblick dieses rotbärtigen Schurken ließ mich vor Zorn kochen. Jack Laterne mußte mich zurückhalten.

»Immer mit der Ruhe, Kleiner.«

»Der Kapitän ist ein Schlitzohr, wie?« sagte John Ringrose, während er durch die Büsche spähte.

»Wir werden ihm einen oder auch zwei Streiche spielen«, murmelte Jack Laterne, »wir brauchen nur den Schatz dazu.«

»Sieben!« rief Kapitän Scratch am Ufer, er zählte jetzt die Sekunden, zog Jibboom aus dem Segeltuchsack und hielt ihn am Nackenfell in die Höhe.

»Acht! Neun! Zehn!« Jibboom zappelte in der Luft, aber er konnte sich aus dem festen Griff von Kapitän Scratchs gewaltiger Hand nicht befreien. »Elf! Zwölf!«

»Laßt mich los!« kreischte ich. »Ich muß hinunter!«

»Das sollst du ja auch«, flüsterte Jack Laterne. »Aber laß uns doch noch einen Augenblick lang nachdenken. Und kühl dir den Kopf! Es hat gar keinen Zweck, wenn du blind vor Wut da hinuntersaust.«

Er gab mir Zeit, mich zu beruhigen. »John, wir können doch wohl behaupten, daß wir Billy Bombays Bluff enthüllt haben. Ich glaube nicht, daß er in seinem ganzen Leben vor der vorigen

Nacht einen Geist gesehen hat. Aye, und das hat genügt, um ihm seinen Verstand zu rauben. Er ist nichts als ein Angeber, der sich selbst wichtig machen will, das ist jetzt bewiesen. Und Kapitän Scratch ist er jetzt überhaupt nicht mehr nützlich. Und du auch nicht, Oliver. Ich sage das ja nicht gerne, aber du kannst offenbar genausowenig wie unsereins einen Geist sehen, gleichgültig, zu welcher Stunde du geboren bist.«

Ich hob meine Augen und schaute ihn an. Die Gedanken überstürzten sich in meinem Schädel mit einer solchen Geschwindigkeit und einem solchen Lärm, daß ich Kapitän Scratch gar nicht mehr die Sekunden zählen hören konnte. Ein Seufzer löste sich von meinen Lippen. Ich spürte förmlich, wie sich die Schatten von meinem Gemüte hoben – und wie eine Last von meiner Seele fiel. Ich war kein Geisterseher. Ich wollte auch gar keine Geister sehen. Donner und Doria – ich glaubte ja auch gar nicht an Geister.

»Da schlag einer lang hin«, seufzte John Ringrose, »das Spiel ist also aus. Wir kommen nie an das Gold heran.«

»Aye«, sagte Jack Laterne, »es gibt keinen Weg, es auszumachen. Es ist für immer verloren.«

»Siebenundvierzig!« rief Kapitän Scratch. »Hörst du mich, Junge? Achtundvierzig!«

Ich wollte endlich zur Bucht rennen, aber es war mir klar, daß ich mich zuerst aus Jack Laternes Griff befreien mußte. »Laß den alten Schwachkopf warten«, sagte er und wand sich meinen Zopf um die Hand, »und steck dir zuerst einmal dein Hemd in die Hose. Wir können doch nicht gestatten, daß du dem Kapitän so unordentlich unter die Augen trittst, als ob du gerade aus der Grube geklettert wärst. Ich sehe übrigens, daß du die Flecken doch aus deinem Hemd bekommen hast. Ich muß den Juniperbaum wohl wieder einmal suchen, Kleiner, dann kann ich dir zeigen, wie man die Früchte ißt, ohne sich dabei von oben bis unten zu bekleckern.«

Ich merkte erst, als ich an mir hinunterschaute, daß die Flekken verschwunden waren. Ich war darüber ziemlich erstaunt. »Dreiundfünfzig!«

»Er wird dir schon nichts tun, Kleiner«, sagte Jack Laterne, »nicht so lange, wie er glaubt, daß er dich braucht. Und hör jetzt genau zu, was ich dir sage. Laß ihn dir folgen, und lock ihn in den Dschungel. Und schlag dich dann in die Büsche und renn zum Boot. John und ich werden schon dort sein. Wir rudern dann zum Schiff und lassen den alten Teufel auf der Insel verrotten.«

Er schickte mich mit einem freundlichen Stoß auf den Weg. Ich schlüpfte durch die Büsche und lief über den Strand. Als Kapitän Scratch bei neunundfünfzig angelangt war, erblickte er mich.

Er ließ Jibboom los und grinste. Ich verlangsamte meinen Lauf. Ich blieb fast stehen. Dafür jagten sich die Gedanken in meinem Schädel so sehr, daß ich fast Jibboom vergaß. Ich schaute über meine Schulter zurück, wo sich Jack Laterne und Mister Ringrose am Rande der Bucht versteckt hielten, und ich konnte mich kaum davon abhalten zurückzulaufen. Ich wußte jetzt, wo der Schatz vergraben war. Wenn mich nicht alles täuschte, kannte ich den genauen Platz.

Kapitän Scratch umklammerte mich wie mit Handschellen, und Jibboom machte einen Satz in die Freiheit. »Du hast wohl versucht, mir zu entwischen, Junge! Dabei würde ich dir doch nicht einmal für den Schatz des Großmoguls ein Haar krümmen! Ha! Du kannst froh sein, daß ich dich abhole. Wir lichten den Anker.«

Ich war sehr erstaunt. »Wir wollen die Insel verlassen?« stammelte ich mit erstickter Stimme.

»Aye! Der schweflige Geist wird uns bleiben, und der Schatz läuft uns auch nicht davon. Aber das Schiff schlägt uns so schnell leck, daß wir in ein paar Tagen kein Deck mehr unter den Füßen haben. Wir müssen uns ein neues Schiff kapern, Junge! Und mach dir keine Gedanken um den aufgeblasenen Billy Bombay. Bei meiner Seele, er ist nicht einmal den Strick wert, der ihn in die Hölle bringt. Ich bin nur deinetwegen gekommen. Ab in das Boot mit dir.«

Ich grub meine Füße fester in den Sand. Wie konnte ich die

Insel jetzt verlassen? Jibboom sprang auf meine Schulter und fauchte Kapitän Scratch an. Er fuhr zurück und lachte, und ich sagte: »Ich hole Mister Ringrose.«

»Laß doch diese schnatternde Vogelscheuche! Mit ihm sind wir doch nur wieder dreizehn an Bord. Ich bin nur deinetwegen gekommen, Junge. Hinein in das Boot mit dir.«

Meine Gedanken rasten. »Aber ich habe den Geist gesehen«, wandte ich ein, und das war auch mehr oder weniger die Wahrheit. »So hell wie der lichte Tag. Ich kann Sie genau zu der Stelle führen, Sir.« Seine Augen begannen zu funkeln. Seine Finger gruben sich tief in meine Arme. »Was hast du gesagt – du hast ihn gesehen?«

»Er hat am ganzen Leibe geglüht, es war ein prachtvoller Anblick, und dann sah ich ihn wieder tief in sein Grab versinken.«

Kapitän Scratch winkte den Männern, die in dem Ruderboot warteten. »Habt ihr das gehört! Der Schatz! Holt die Schaufeln heraus! Hier entlang, hier entlang! Kommt schon, sputet euch, meine Herzchen!«

Ich steckte mir Jibboom ins Hemd und führte sie. Ich dachte jetzt nicht mehr daran, ihnen zu entfliehen. Ich wußte etwas Besseres. Wir kämpften uns tiefer in den Dschungel, und es muß ungefähr eine halbe Stunde verstrichen sein, ehe ich anhielt und auf einen Baum deutete. »Da!« sagte ich.

Kapitän Scratch machte ein langes Gesicht. »Wirklich da?« grollte er, denn ich deutete genau auf den giftigen Manzanillabaum, dem die Zweige bis zur Wurzel reichten und über und über mit Zwergäpfeln besät waren. Schon sein bloßer Anblick ließ mir das Gesicht fast wieder wie in der ersten Nacht auf der Insel anschwellen.

»Ja, dort.« Ich nickte. »Der Geist fuhr keine drei Schritte von dem Baum in die Erde, Sir.«

Die Piraten begannen den Baum zu umkreisen, als ob er ein Nest voller Schlangen wäre. Sie hüteten sich, ihn zu berühren. Schließlich reichte Kapitän Scratch Hadschi seinen zerbrochenen Säbel und befahl ihm, die Zweige abzuschlagen.

»Ich, Effendi?«

»Aye, du roter Meereshund. Es sei denn, du ziehst eine Pistolenkugel zwischen den Augen vor.«

Kapitän Scratch zog seine Pistole, und Hadschi griff nach dem Säbel. Er begann die äußersten Äste abzuschlagen, wobei er in seiner eigenen Sprache murmelte und fluchte. In ein paar Stunden würde er feuerrot angeschwollen sein, und die Haut würde ihm vom Kopf bis zum Zeh wie Feuer brennen. Ich versuchte, Mitleid mit ihm zu empfinden, aber ich überanstrengte mich nicht dabei.

Da er den Schatz nun doch vor Augen sah, verlor Kapitän Scratch jegliches Interesse an mir. Ich setzte mich auf einen Felsen, schaute zuerst eine Weile zu, beruhigte Jibboom in meinem Hemd und zog mich dann Schritt für Schritt in den Dschungel zurück. Als ich außer Sicht war, rannte ich.

Jack Laterne und Mister Ringrose hatten sich im Ruderboot versteckt und warteten auf mich.

»Braver Junge«, sagte Jack Laterne und grinste, »dann wollen wir uns mal auf die Socken machen.«

Ich schaute über meine Schulter zurück. Wenn Kapitän Scratch erst entdeckt hatte, daß ich verschwunden war, würde er Kannibal auf meine Fährte setzen, aber bis jetzt war noch nichts von ihm zu sehen. »Wartet«, sagte ich und keuchte, »der Schatz! Ich weiß, wo er vergraben ist.«

Jack Laterne starrte mich an. »Hat dich jetzt doch die Hitze erwischt, Kleiner?« Er schüttelte den Kopf. »Es gibt nur eine einzige Möglichkeit, den Plunder zu finden, und dazu müßte man diese ganze Insel von einem Ende bis zum anderen umgraben. Wenn wir schnell arbeiten, dann sind wir damit in schätzungsweise 50 Jahren fertig.«

»Aber schauen Sie doch mein Hemd an!« schrie ich. »Diese Saftflecken sind doch wie unsichtbare Tinte verschwunden. Und es steht doch nur ein einziger Juniperbaum auf der ganzen Insel!«

»Aye, das stimmt. Mehr als den einen hab' ich nicht gefunden, obwohl sie in Hispaniola wie Unkraut wachsen.«

Diese Auskunft machte mich endgültig sicher. »Gentleman Jack war doch gerade aus Hispaniola gekommen, als die Blutige Hand hier aufkreuzte, um den Schatz zu vergraben, Sir. Kapitän Scratch hat doch erzählt, daß er die ganze Zeit den Weg auf seinen Hemdsärmel aufgezeichnet hat, indem er seine Feder in eine Frucht aus Hispaniola getaucht hatte. Er hat den Saft als Tinte benutzt. Und er hat sicher nicht gewußt, daß diese Tinte später unsichtbar werden würde. Genauso wie die Juniperflecken auf meinem Hemd.« Ich hielt inne, um Luft zu holen. »Aber als er erschossen und begraben wurde, da ist die Juniperfrucht doch mit ihm begraben worden. Sie könnte doch aus dem Grab gewachsen sein. Es ist doch sieben Jahre her, stimmt das nicht?«

Jack Laternes Gesicht strahlte, als er begriff, was das bedeutete. »Du glaubst also, daß die Schatzkisten unter den Wurzeln des Juniperbaumes warten, stimmt das?«

»Ja, Sir!«

»Da schlag doch einer lang hin!« sagte John Ringrose.

SECHZEHNTES KAPITEL

das von unseren letzten Erlebnissen berichtet und von dem Geist, der zurückblieb

Während Kapitän Scratch unter dem Manzanillabaum graben ließ, schaufelten wir am anderen Ende der Insel zu Füßen des Juniperbaums ein Loch. Er sah fast wie ein Kirschbaum aus, seine Früchte waren nur sehr viel größer und hingen wie fünfpfündige Kanonenkugeln an den Zweigen.

Es dauerte nicht lange, da hatten wir das Skelett freigelegt. »Gentleman Jack – das ist so sicher wie das Amen in der Kirche!« keuchte Jack Laterne.

»Aye«, sagte John Ringrose erschüttert.

Mir wurden einen Augenblick lang wieder die Knie schwach, als ich den alten Piratenführer dort unten liegen sah, dem sich die Baumwurzeln wie Schlangen um das Gebein geschlungen hatten. Selbst im hellen Tageslicht war das ein gruseliger Anblick.

»John«, sagte Jack Laterne, »lauf zum Boot zurück und hol den Rest der Mannschaft, der noch an Bord ist. Da liegt mehr unter unseren Füßen begraben, als wir alleine wegschleppen können.«

Mister Ringrose flog nur so durch den Dschungel davon. Ich warf immer wieder ängstliche Blicke über meine Schulter, weil ich fürchtete, daß sich Kannibal jeden Moment aus dem Dickicht auf mich stürzen würde.

»Hilf mir mal, Kleiner«, sagte Jack Laterne und wollte damit, daß ich ihm das Skelett herausheben half. Er schnitt die Wurzeln emsig mit seinem Messer durch. Ich würgte mein Entsetzen hinunter und griff zu.

Nach kurzer Zeit wurde die Ecke einer eisernen Kiste sichtbar. Wir waren gerade mitten in der Arbeit, da schaute ich hoch und sah, wie Jibboom einen Buckel machte und fauchte.

Kannibal grinste mich an. Er konnte Jack Laterne, der tief in der Grube auf Händen und Knien lag, nicht sehen.

»Ha! Hab' ich dich gefangen, Junge! Schlimm, schlimm. Kannibal mag dich. Aber der Kapitän sagt ...« bei diesen Worten fuhr er mit einem Finger über seine Kehle, »ha! Aber vielleicht geb' ich dir noch eine Chance. Lauf lieber, Junge!«

Jack Laternes Schädel hob sich aus dem sandigen Loch empor. »Willkommen, Fidschi-Freund.«

Kannibals Augen sprangen ihm fast aus dem Kopf. »Du bist doch tot!«

»Nicht so ganz. Komm, hilf uns. Viel Gold!«

»Bei allen Geistern!«

»Willst du bei uns mitmachen?«

Kannibal war sofort bereit, Kapitän Scratch zu verraten. »Ich grabe!«

Die eiserne Kiste war so schwer, daß nicht einmal wir drei sie hochstemmen konnten. Doch bald kam John Ringrose mit Ezra Fly und Ned Knollennase und den anderen außer Billy Bombay zurück. Wir hoben drei Kisten aus dem Loch, wovon eine sehr groß war und die anderen ungefähr die Größe von Teerkesseln hatten.

»Kannibal«, befahl Jack Laterne, noch ehe die Deckel aufgebrochen werden konnten, »wir wollen Kapitän Scratch auch einen Blick darauf werfen lassen. Hol ihn.«

»Käpt'n Scratch?« fragte John Ringrose und kniff ein Auge zu. »Aber er hat Gentleman Jack doch erschossen. Davon hat er in der Nacht der Wiedergänger geschwatzt. Ich hab' dir das ja erzählt. Er hat kein Recht mehr auf irgendwas, das ist meine Meinung.«

»Aber Gentleman Jack!« antwortete Jack Laterne. »Wir haben ihn alle wie einen Bruder gekannt, stimmt das nicht? Er hat ein Recht darauf, ordentlich gerächt zu werden. Ich bin fest entschlossen, den Schurken aus Kapitän Scratch auszutreiben, so daß er sein ganzes schandbares Leben bereut. Hol ihn.«

Kannibal machte sich auf den Weg, nachdem ihm noch eingeschärft worden war, nicht zu verraten, daß sich Jack Laterne auf der Insel befand. Dann gingen die Männer daran, die Schlösser aufzubrechen.

Es entstand eine regelrechte Schlägerei, als der schwere dicke Deckel der großen Kiste zurückgeschlagen wurde und uns die Sonne selbst aus der Kiste entgegenstrahlte. Sie war voller Gold und floß fast über – spanische Dublonen und französische Louisdore und sogar goldene Dinare vom Roten Meer.

Den Seeräubern gingen bei diesem Anblick die Augen über. Sie brachen auch die beiden kleineren Kisten auf und ergötzten sich am Glanz der Perlen und Rubine und Smaragde. Sie steckten sich so viele Ringe an die Finger, daß ihre derben Hände nur so funkelten. Jack Laterne hatte diesen strahlenden Schatz gebraucht, um ihre Treue zu gewinnen, und die besaß er jetzt bis zum letzten Mann.

Kapitän Scratch kam in die Lichtung gestampft. Als er das Glitzern von Gold und Juwelen wahrnahm, blieb er wie angenagelt stehen. Seine Augenbrauen schossen in die Höhe. »Bei meiner Seele! Ihr habt es also gefunden, Jungens! Kaum hab' ich den Rücken gedreht, da grabt ihr es aus!«

Er kam einen Schritt näher und legte seine Hand auf die Pistole in der Schärpe. Er ließ seine Augen vom einen zum anderen wandern und heftete sie schließlich auf mich. Mein Herz schlug mir trotz allem bis zum Halse. Jack Laterne hatte sich vorsorglich versteckt.

»Aha, das ist also der junge Oliver gewesen, wie?« schnarrte er. »Du hast uns wohl an der Nase herumführen wollen – läßt uns unter dem falschen Baum graben! Aber ich sehe, daß dich deine Geisteraugen zum Schluß doch noch richtig geführt haben. Meiner Seel', wenn das nicht Gentleman Jack selbst ist, der dort liegt. Und seht euch nur die Klunkern an, mit denen ihr Kerle euch schon geschmückt habt. Als ob ich schon den Befehl gegeben hätte, die Beute zu teilen.« Jählings schoß der Zorn in ihm hoch. Er zog seine Pistole und machte einen Schritt nach hinten. »Wieder in die Kisten damit, ihr gierigen Gauner! Ich habe die erste Wahl, und mir gehört die halbe Beute – und wer mir widerspricht, der bekommt eins auf den Pelz gebrannt.« Weil er alle vor sich aufgereiht sah, hatte er keinen von uns zu fürchten – außer Jack Laterne, der genau in diesem Augenblick einen Knüppel aus Eisenholz auf seinen Schädel niedersausen ließ.

In kürzester Zeit hatte die Mannschaft den schweren Schatz an feste Bambusstöcke gehängt und setzte sich zur Bucht in Marsch. Kapitän Scratch wurde lebendig, aber reglos wie ein Kartoffelsack mitgeschleift. Er würde mit gehörigen Kopfschmerzen wieder aufwachen.

Während der Schatz zum Boot geschafft wurde, hob Jack Laterne ein Brett auf und reichte es mir. »Schnitz seinen Namen hinein, Kleiner. Viel Zeit haben wir nicht mehr, aber vielleicht kannst du doch noch ein oder zwei passende Worte dazuschreiben.«

Dabei griff er nach einer Schaufel und schippte am Rande der Bucht eine längliche Kuhle.

Ich fuhr mit meinem Messer schnell und flüchtig über das Holz, bis man folgendes lesen konnte:

KAPITÄN HARRY SCRATCH.
FRIEDE SEINEN GEBEINEN!

Sowie ich fertig war, nahm mir Jack Laterne das Brett ab und rammte es wie einen Grabstein am einen Ende der Kuhle in den Sand. Als sie Kapitän Scratch ans Ufer gelegt hatten, begann er schon wieder schnarchende Geräusche von sich zu geben. Mister Ringrose zog ihm die Messer und Pistolen aus der Schärpe. Jack Laterne machte den Männern ein Zeichen, damit sie sich um die Kuhle und den Grabstein versammelten.

»Und vergeßt nicht, eure Köpfe zu senken.«

»Hat er jetzt seine Augen offen?« erkundigte sich Mister Ringrose, während er sich am Fuße der Kuhle aufstellte.

»Sie zucken schon. Halte jetzt eine schöne Grabrede, John, sie muß von Feuer und Schwefel nur so donnern. Und ihr anderen, denkt daran: Ihr könnt den Kapitän weder sehen noch hören. Aye, ihr seid taub und stumm und blind, was ihn anbelangt. Wir werden dem alten Fuchs so einen Schrecken einjagen, daß er ihn in ein Lamm verwandelt.« Ich trat mit Jibboom im Hemd ein paar Schritte hinter die Seeräuber, und Jack Laterne watete ins seichte Wasser und versteckte sich hinter dem Boot. In dem gleichen Augenblick, in dem Kapitän Scratch seine Augen aufschlug, erhob John Ringrose die Stimme.

»Schiffskameraden«, sagte er, »es ist meine traurige Pflicht, unserem verschiedenen Käpt'n und Kameraden Harry Scratch noch ein paar letzte Worte zu sagen. Es hat ihn auf der Höhe seines Lebens getroffen, jawohl. Da stand er, ein Schatz zu seinen Füßen, und eine Kokospalme zu seinen Häupten. Eine einzige Nuß stürzte herab. Aye, eine unglückselige Wendung des Schicksals. Hier ruht er nun auf dieser einsamen Insel, aber wir werden ihn niemals vergessen.«

Unterdessen hatte sich Kapitän Scratch hochgerappelt, so daß er jetzt saß. Die Beule auf seinem Schädel ließ ihn leise stöhnen. Er äugte mit einem Auge zu John Ringrose empor. »He, du langbeiniger Seewurm – was hast du denn da zu krächzen?«

»Aye, hier ruhen die Gebeine von Käpt'n Scratch«, fuhr Mister Ringrose unerschüttert fort, »wahrhaftig, ich kann schon den Schwefeldampf riechen, der aus seinem Grabe aufsteigt. Vergießt eine Träne, Kameraden. Er liegt in der falschen Richtung.«

Kapitän Scratch hatte sich jetzt ganz hochgerappelt und versuchte, die Augen in die Gewalt zu bekommen. »Was soll denn das Geschwätz! He, John! Ezra Fly! Kannibal!«

Kein einziger Kopf hob sich.

»Aye, er hatte eine Neigung zu schlimmen Taten, unser guter Harry Scratch«, lamentierte Mister Ringrose, »doch das ist wahrhaftig nicht sein Fehler gewesen. Er ist mit einem boshaften Herzen geboren worden und hat es nie verloren.«

Jetzt begann Kapitän Scratch zu brüllen. »Genug! Fürwahr genug, Schiffsgesellen! Seid ihr denn alle taub?«

Unsere Köpfe blieben andächtig gebeugt.

Kapitän Scratch machte einen Schritt nach vorn und starrte mit aufgerissenen Augen die Kuhle und den Grabstein an. Wenn er auch nicht lesen konnte, so schien er doch seinen eigenen Namen zu erkennen.

»Ihr Hornochsen!« polterte er. »Ich lieg' doch nicht in meinem Grab, Jungens! Ich steh' doch direkt vor euch!«

»Vergießt eine Träne, Kameraden – wenn ihr das könnt. Gelingt das keinem einzigen von euch?« fragte John Ringrose mit salbungsvoller Stimme. »Selbst wenn er Gentleman Jack verraten hat und seine Schiffskameraden über die Planke jagte – es muß doch etwas Gutes in ihm gesteckt haben, wir müssen bei diesem ernsten Anlaß doch wenigstens etwas zu seinen Gunsten sagen können.«

Kapitän Scratch schwenkte wütend die Arme. »Schaut mich doch an, Schiffskameraden! Jetzt ist es aber genug! Verdammt noch mal, wischt euch die Augen, könnt ihr mich denn nicht sehen?« Sein Blick heftete sich auf mich. »Schau mich an, Junge ...«

Doch da blieben ihm die Worte im Halse stecken. »Ich kann Sie sehen!« antwortete ich mit Grabesstimme.

Die Farbe wich aus seinem Gesicht, sein Bart begann zu beben. »Nur du kannst mich sehen?« fragte er mit zitternder

Stimme. »Ist das wirklich so? Bin ich schon ein Geist geworden?«

»Unser Käpt'n, der arme Harry Scratch, ist kaum in der Erde kalt geworden, und schon beginnt er nach Schwefel zu stinken«, seufzte John Ringrose, »hätte er seine Freunde und Halsabschneider besser behandelt, so könnte er in einem kühleren Klima ruhen.« An dieser Stelle hob Mister Ringrose seine Augen zum blauen Himmel empor. »Aye, hier ruhen seine Gebeine direkt über dem Höllenfeuer und werden von der Mittagssonne von oben geröstet. Das soll uns allen eine Lehre sein, Jungens. Aye – und jetzt wollen wir Abschied nehmen.« Die Seeräuber wandten sich ab und gingen zum Boot.

»Wartet doch einen Moment, Kameraden«, rief Kapitän Scratch, »haltet doch an!«

Aber die Männer schauten durch ihn hindurch, als ob er aus Glas wäre.

»Verlaßt mich doch nicht, Freunde. Ach, ich habe wirklich Schlimmes getan – aber wartet doch. Haltet an! Könnt ihr denn nicht hören, was ich sage! Geht doch nicht fort . . .«

Im Handumdrehen waren wir in die beiden Boote gestiegen. Keiner schaute zurück, nur ich.

Da stand Kapitän Scratch in der Glut der Mittagssonne, die Füße wie im Sand verwurzelt. Macht und Mut waren von ihm abgefallen. Der Wind zerrte an seinem roten Bart, aber selbst der hatte seinen Schrecken verloren. Jack Laterne trat neben mich, aber er hielt seinen Kopf gesenkt.

»Gentleman Jack ist gerächt«, sagte er, »aye – Harry Scratch wird über die Insel irren und sich für ein Gespenst halten. Er wird nur darauf warten, daß ihn der Teufel holt. Und wer weiß, mein Junge – vielleicht wird er in einem Jahr oder in zwei oder in fünfen aufgelesen. Wenn der Schreck dann nicht zuviel für ihn ist, dann endet er vielleicht noch als ein frommer, braver Mann.« Kapitän Scratch wurde immer kleiner. Obwohl keiner von uns seinetwegen eine Träne vergossen hatte, winkte er uns mit einer schwachen, verlorenen Geste nach. Und gegen meine eigene Absicht winkte ich zurück.

Nach sechs Tagen auf See begann die BLUTIGE HAND zu sinken. Jede Stunde brachen neue Löcher im Schiffsrumpf auf, und wir hatten das Pumpen aufgegeben. Die Seeschildkröten, die lebendig in den Vorratsräumen lagerten, konnten jetzt munter im Schiffsbauch herumschwimmen. John Ringrose, der zum Kapitän gewählt worden war, entschied, daß es höchste Zeit sei, das Schiff aufzugeben. Er trug immer seinen roten Rock und den Hut mit der Straußenfeder, und es tat ihm bitter leid, sein erstes Kommando so bald aufzugeben. »In die Boote, Kameraden!« rief er traurig.

Billy Bombay und Hadschi stürzten sich zuerst auf die Schatzkisten. Als Jack Laterne sah, daß sie den schweren Plunder in das Boot herabließen, gab er mir einen Wink mit den Augen. »Wir gehen in das andere Boot, Kleiner.«

Wir rafften noch ein paar Büschel Bananen und einige Wasserfässer zusammen. Die Decks waren schon überschwemmt. Wir beluden das Ruderboot, und Kapitän Ringrose musterte den Schatz im großen Boot. »Werft den Ballast über Bord, Jungens! Essen und Trinken braucht ihr!«

Aber die Mannschaft hörte nicht auf ihn. Sie machten sich in dem überladenen Rettungsboot davon, und ich half Jack Laterne, das kleine Ruderboot ins Wasser zu bekommen. Kapitän Ringrose schloß sich uns an, und das war keinen Augenblick zu früh. Eine gewaltige Luftblase stieg aus dem Schiff empor und spuckte die Schildkröten aus. Mit einem letzten Gurgeln ging das Schiff unter, und die Schildkröten schwammen in alle Richtungen davon.

Die BLUTIGE HAND war verschwunden.

Das Rettungsboot, das bis zum Rand mit Männern und Kisten beladen war, tanzte einen Pistolenschuß von uns entfernt auf den Wogenkämmen.

»Na, sie haben gut eine Tonne Gold an Bord«, bemerkte Jack Laterne und griff nach den Rudern, »aber wenn die Narren hungrig werden, wird es ihnen nichts nützen.«

»Das Boot schlägt jetzt schon voll«, sagte Kapitän Ringrose. Er richtete sich auf, legte die Hände an den Mund und rief:

»Werft den Ballast über Bord, nehmt doch Vernunft an! Sonst geht ihr unter!«

Aber die Seeräuber mochten sich nicht von einer einzigen Dublone trennen. Sie ruderten wie wild durch die Dünung, als ob sie uns loswerden wollten.

Jack Laterne begann zu kichern. »Sieht ganz so aus, als ob sie nicht mit uns teilen wollten.«

Mit jedem Ruderschlag tauchte das große Boot tiefer in die Gischt. Die Ruder fuhren immer noch in rasender Geschwindigkeit durchs Wasser, als das Boot vor unseren Augen vollschlug und versank. – Mit Gold und allen Männern.

Kapitän Ringrose riß den Mund auf. »Da schlag doch einer lang hin«, bemerkte er, »das kann einen Mann wahrhaftig lehren, sich nicht mit Dummköpfen abzugeben.«

Wir hielten nach Überlebenden Ausschau. Es gab nur einen, Kannibal konnte schwimmen. Wir zogen ihn an Bord.

Jetzt waren wir vier Mann und eine Katze. Ein paar Tage später wurden wir von Schildkrötenfischern gerettet. Jibboom und ich brauchten mehr als zwei Monate, um nach Hause zu kommen, wir reisten zu Fuß und mit dem Schiff, und an einem Frühlingstag spazierten wir durch die Tür des Gasthauses Zur Harpune. Tante Käthe ließ fast einen vollen Kessel mit heißer Fischsuppe auf den alten Mister Wicks, den Küfer, fallen. »Mein lieber Schatz!« seufzte sie und fiel in Ohnmacht. Ein Mann fing sie auf, ehe sie zu Boden stürzte. Es war mein Vater.

Er musterte mich mit seinen scharfen Seefahreraugen erstaunt, aber er schien mit dem zufrieden zu sein, was er sah. Ich war von der Sonne des Südens braungebrannt wie eine Haselnuß.

Jetzt tanzte ein Lächeln in seinen Augenwinkeln. »Donner und Doria!« sagte er. »Hilf mir mit diesem schwachen Weib.«

»Aye, Sir«, antwortete ich.

»Du bist einen Kopf größer geworden, Junge.«

»Ja, Sir.« Wir setzten Tante Käthe in einen Stuhl, und sie begann, wieder zu sich zu kommen.

Er reckte sich. »Ich habe alle Küsten nach dir abgesucht, mein Sohn.« Er räusperte sich, denn ihm schien genau wie mir etwas in der Kehle zu stecken. »Wo bist du denn gewesen?«

»Auf See«, antwortete ich und hing meine verschossene
Kappe neben die meines Vaters
auf den Haken.